鵬붕정대연가

붕정대연가(鵬程大戀歌) 18

임영기 新무협 판타지 소설

초판 1쇄 찍은 날 § 2022년 5월 4일
초판 1쇄 펴낸 날 § 2022년 5월 11일

지은이 § 임영기
펴낸이 § 서경석

총괄팀장 § 황창선
편집책임 § 김우진
디자인 § 스튜디오 이너스

펴낸곳 § 도서출판 청어람
등록번호 § 제387-1999-000006호
등록일자 § 1999. 5. 31
어람번호 § 제2-2908호

본사 § 경기도 부천시 부일로 483번길 40 서경B/D 3F (우) 14640
편집부 § 서울시 구로구 디지털로 272 한신IT타워 404호 (우) 08389
전화 § 02-6956-0531 팩스 § 02-6956-0532
http://www.chungeoram.com
E-mail § chungeorambook@daum.net

ⓒ 임영기, 2021

ISBN 979-11-04-92430-9 04810
ISBN 979-11-04-92299-2 (세트)

도서출판 청어람

18

임영기 新 무협 판타지 소설
Cover illust A4

붕정대연가

FANTASTIC ORIENTAL HEROES

鵬붕정대연가

목차

第百八十三章

후호세영(後護世英)

천상무극령은 단호한 표정을 지었다.

"이제 묻겠소."

진천룡은 고개를 끄떡였다.

"하시오."

"영웅문은 성신도와 결탁했소?"

진천룡은 천상무극령을 똑바로 주시했다.

"결탁하지 않았소."

그러자 천상무극령이 예상하지 못했던 요구를 했다.

"감창과 경조를 돌려주면 믿겠소."

"그게 무슨……."

진천룡은 말을 하다가 멈추고는 생각하는 척하면서 슬쩍 부옥령을 쳐다봤는데, 그녀는 뭔가 할 말이 있는 듯한 표정으로 그를 바라보고 있었다.

하지만 그녀가 무슨 말을 하고 싶은 것인지 진천룡은 짐작하지 못했다.

부옥령이 진천룡에게 해주려는 말이 천상무극령에게 해줄 적당한 대답일 것이다.

그렇지만 부옥령은 지금 진천룡에게 전음을 할 수가 없는 상황이다.

천상무극령이 절대고수라고 감안한다면, 부옥령이 전음을 하는 순간 감청될 것이다. 또한 부옥령이 자신과 진천룡 사이에 호신막을 치고 전음을 해도 그것 역시 공기의 미미한 파장으로 천상무극령이 즉각 감지할 것이 분명하다.

진천룡은 부옥령이 무슨 말을 하려는지 알지 못하지만 하나는 알 수 있다.

천상무극령의 말을 듣고 즉각 떠오른 대답이 부옥령이 하려는 말일 것이라고 말이다.

즉, 그와 부옥령은 감정적으로나 경험적으로 일맥상통하는 점이 많다는 사실이다.

진천룡은 천상무극령을 보면서 담담하게 말했다.

"두 사람을 돌려주면 믿겠다는 말을 뺀다면 돌려주겠소."

"아……."

천상무극령과 경봉은 움찔 놀라더니 곧 뜻밖이라는 듯 나직한 탄성을 흘렸다.

진천룡의 말뜻인즉, '믿지 않아도 좋으니까 두 사람을 돌려주겠다'라는 뜻이다. 또한 그런 조건부라면 영웅문과 성신도가 결탁했다고 믿어도 상관이 없다는 뜻이다.

천상무극령은 진천룡의 사내다운 기개에 조금 놀라면서도 감탄했다. 천상무극령은 자세를 바로 하고 가볍게 고개를 숙였다.

"그 말은 빼겠소. 대신 간청하겠소. 부디 감창과 경조를 돌려주시면 고맙겠소."

진천룡은 선선히 고개를 끄떡였다.

"알겠소."

천상무극령은 물론 감탁과 경봉, 그리고 다른 일남일녀도 매우 기쁜 표정을 지었다.

천상무극령은 보기 좋은 미소를 지으며 말했다.

"고맙소."

그는 갑자기 일어서더니 진천룡에게 포권을 했다.

"나는 감후성(監厚星)이오."

진천룡은 일어섰지만 어정쩡하게 포권을 했다.

"어… 나는 진천룡이오."

진천룡은 아까 자신이 누구라고 소개를 했으나 천상무극령 감후성이 자신의 소개를 하는 바람에 엉겁결에 일어나 이름을 댄 것이다.

감후성이 앉자는 손짓을 하여 자리에 앉은 진천룡은 진지하게 말했다.

"감창의 생사에 대해서는 자신할 수 없소."

"그는 어쩌다가 중상을 입었소?"

"그는 내 측근과 일대일로 싸워서 중상을 입었소."

원래 진천룡은 무극애 인물들이 매우 비열하고 비상식적이라고 여겼었다.

그런데 막상 감후성을 만나 대화를 해보니까 대인적인 풍모를 지녔으며 의기와 정의심이 자못 출중했다.

감후성은 매우 진지한 표정으로 물었다.

"측근이라면 혹시 영웅문 좌호법인 무정신수요?"

감창 정도의 고수를 죽을 지경으로 중상을 입혔다는 사실 때문에 추측을 한 것이다.

"그렇소. 그런데 그걸 어떻게 알았소?"

감후성은 담담한 표정으로 말했다.

"영웅문 무정신수의 위명이 산천을 떨게 만드는데 어찌 내가 모르겠소?"

진천룡은 빙그레 미소 지으며 고개를 끄떡였다.

"그렇소. 무정신수는 나보다 더 유명하오."

감후성은 진천룡을 보면서 엷은 미소를 지었다.

"귀하는 진심으로 무정신수를 좋아하는 것 같은데 내가 착각한 것이오?"

"아니오. 나는 정말 그녀를 좋아하오. 그녀가 원하기만 하면 영웅문주 자리를 서슴없이 내줄 수도 있소."

"오… 그 정도요?"

감후성은 적잖이 감탄했다.

부옥령은 진천룡을 보며 보일 듯 말 듯 미소를 지었다.

진천룡은 들고 있는 술잔을 내려놓았다.

"자, 이제 무극애는 물러가는 것이오?"

그런데 뜻밖에 감후성은 조금 머뭇거렸다.

"하나가 더 있소."

"무엇이오?"

감후성은 착 가라앉은 목소리로 말했다.

"영웅문을 견학하고 싶소."

"귀하의 뜻이오?"

감후성은 고개를 가로저었다.

"아니오. 명령이오."

"귀하 윗사람의 명령인 것이오?"

"그렇소."

"명령한 사람이 누군지 물어봐도 되겠소?"

감후성은 잠시 생각하다가 대답했다.

"우천태(右天泰)요."

진천룡은 머릿속으로 '우천태'를 생각해 보았다.

"무극애 우호법말이오?"

감후성은 진천룡이 경조에게서 무극애에 대하여 알아냈을 것이라고 생각했다. 아까 진천룡은 경조에게 분근착골수법을 시전했다고 말했었다.

"그렇소."

진천룡은 눈을 좁히며 감후성을 응시했다.

"본문을 견학하겠다는 의도가 무엇이오?"

감후성은 곤란한 표정을 지었다. 그는 그럴 생각이 없지만 우천태의 명령이라 어쩔 수 없이 영웅문을 견학해야만 하는 것이다.

진천룡은 감후성을 비롯한 무극애 사람들이 영웅문을 견학하려는 의도가 하나뿐이라고 짐작했다.

영웅문에 성신도 사람들이 있는가, 그들의 흔적이 남아 있지는 않은가, 정말로 영웅문은 성신도하고 아무 연관이 없는 것인가를 확인하려는 것일 게다.

감후성은 대답하지 못하고 머뭇거렸다. 그의 순후한 성품으로는 그런 말을 쉽게 할 수 없을 터이다.

진천룡은 솔직히 기분이 불쾌해졌다. 하지만 일이라는 것을 기분만으로 처리할 수 없다는 사실을 지난 시절 설옥군과 부옥령을 통해서 많이 배웠다.

지금이 바로 그럴 때다. 불쾌해진 감정은 잠시 억누를 수가 있다. 그러나 만약 일이 잘못됐을 경우에는 절대로 되돌릴 수가 없다. 그래서 인내가 필요한 것이다.

감후성 일행이 영웅문을 견학하겠다는 것을 진천룡이 거부한다면 일이 꼬이게 된다.

그러면 감후성으로서는 무극애 고수들을 이끌고 순순히 돌아갈 수가 없어진다.

그러므로 그것은 하책이다. 내 기분이 불쾌하다고 해서 일을 그르칠 수는 없다.

감후성은 매우 진지한 표정으로 말했다.

"기분 나쁘게 듣지 마시오. 우리로서는 영웅문과 성신도가 결탁하지 않았다는 증거가 필요하오."

진천룡은 팔짱을 꼈다.

"그것뿐이오?"

"그렇소."

진천룡은 감후성이 거짓말을 하지 않았을 것이라고 생각했다.

진천룡은 고개를 끄떡였다.

"그럼 영웅문에 갑시다."

고개를 들다가 진천룡은 문득 부옥령이 미간을 살짝 찌푸리고 있는 것을 발견했다.

부옥령의 그런 모습은 뭔가 빼먹은 게 있다고 진천룡에게 알려주고 있는 것이다.

그리고 그 순간 빼먹은 게 무엇인지 진천룡 뇌리를 번쩍 스쳐갔다.

그는 묵직한 목소리로 말했다.

"그 전에 항주로 진격하고 있는 무리들을 해결하시오."

마중천과 요천사계를 가리키는 것이다.

감후성은 오른쪽에 앉은 일남일녀에게 명령했다.

"어떻게 된 일인지 알아보게."

일남일녀는 즉시 일어서더니 감후성에게 고개를 숙이고는 급히 밖으로 달려 나갔다.

감후성은 일남일녀가 나간 곳을 응시하며 말했다.

"내 배당(陪堂:부관)이오."

진천룡이 묻지 않는 것까지 친절하게 설명해 주는 것은 친근감의 표시이다.

그렇다면 감후성 왼쪽에 앉은 일남일녀 감탁과 경봉은 천상 호위이고 오른쪽에 앉았던 일남일녀는 그의 배당이었다.

그런데 밖으로 나갔던 배당 두 명이 다시 실내로 들어서고 있는 것이 아닌가.

그들은 입구에서 감후성을 향해 고개를 숙였다.

"무극령 각하, 호천궁 사람이 왔습니다."

진천룡을 비롯한 모두의 표정이 변했다. 그러고 보니까 호천궁을 까맣게 잊고 있었다.

일남일녀 배당이 안으로 들어와서 감후성 옆에 서자 곧 발소리와 함께 일단의 무리가 실내로 들어섰다.

저벅저벅······

웬만한 고수라면 발소리를 내지 않는데 그들은 일부러 내는 것이 분명했다.

실내에 삼남일녀가 들어와서 감후성을 향해 나란히 멈춰 섰는데 그 기세가 자못 당당했다.

그런데 진천룡은 감후성 앞에 마주 보고 앉아 있다가 보니까 삼남일녀를 등지고 앉아 있는 모양새가 되었다.

그렇지만 진천룡은 뒤돌아보지 않고 그대로 앉은 채 느긋하게 자신의 빈 잔에 술을 부었다.

삼남일녀를 보고 있던 감후성은 진천룡의 그런 모습을 보더니 빙그레 엷은 미소를 지었다.

진천룡은 술잔을 입에 대고 마시다가 무심코 부옥령을 보고는 움찔 놀랐다.

부옥령의 한쪽 눈이 갑자기 점점 커지고 있지 않은가.

"……?"

진천룡이 놀라서 보고 있는 동안에 부옥령의 눈은 그녀의 얼굴만큼 커졌다.

그리고 거기에 나란히 서 있는 삼남일녀의 모습이 거울에 비친 것처럼 또렷하게 나타났다.

아마 부옥령이 어떤 신기한 수법을 전개하여 진천룡에게 삼남일녀의 모습을 보여주는 것 같았다.

부옥령이 삼남일녀의 오른쪽에 서 있는 남자를 쳐다보자 그것이 그대로 진천룡에게 전해졌다.

그는 삼십 대 중반의 뭉툭한 코에 두툼한 입술을 지녔으며 마침 막 입을 열어 말을 하기 시작했다.

"우리는 호천궁의 후호세영(後護世英)이오."

감후성과 감탁, 경봉 등이 일어났고 감후성이 포권을 하며 말했다.

"감후성이오."

감후성은 정중하게 말을 이었다.

"실례지만 후호세영은 호천궁에서 어떤 신분이오?"

이번에도 오른쪽의 주먹코 청년이 대답했다.

"우린 궁주의 친자식들이오."

"그렇구려."

감후성은 탁자를 가리켰다.

"자리에 앉읍시다."

삼남일녀 후호세영은 탁자로 다가오다가 혼자 앉아 있는 진천룡을 보고 슬쩍 눈살을 찌푸렸다.

다들 일어나서 자신들을 맞이하는데 진천룡만 혼자 앉아 있는 것이 기분 나쁜 모양이다.

이번에는 왼쪽 끝의 청년이 진천룡의 뒤통수를 보며 참지 못하고 차갑게 말했다.

"귀하는 누구요?"

이들 후호세영은 언행이 거침없었다.

감후성은 진천룡이 자리에 앉아 있다는 사실을 그제야 깨닫고 설명하려고 했다.

"아… 이분은……."

그러나 그때 진천룡이 일어나서 후호세영을 향해 돌아서며 껄껄 웃었다.

"하하하하! 내가 누군지는 굳이 알 필요가 없소이다."

그의 말을 듣고 감후성은 진천룡이 자신의 신분을 호천궁 사람들에게 밝히고 싶지 않은 것이라고 생각했다.

후호세영의 오른쪽 청년은 불쾌하지만 내색을 하지 않으려고 애쓰는 표정이다.

"귀하가 무극애 사람이라면 누군지 신분을 밝혀야 할 것이오. 그게 아니면……."

"그게 아니면?"

진천룡은 따라 하듯이 약간 능글거리면서 말했다.

주먹코 청년은 못마땅한 듯 슬쩍 눈살을 찌푸렸다.

"그게 아니면 여길 떠나시오."

말하자면 무극애 사람이 아니든가 신분을 밝히지 않을 것이면 여길 떠나라는 뜻이다.

"내가 대신 설명하겠소."

감후성은 정중하게 말하지만 이번에도 진천룡이 삐딱하게 나섰다.

"떠나지 못하겠다면 어쩌겠소?"

진천룡이 호천궁 사람에게 삐딱하게 대하는 것은 그들이 마중천과 요천사계를 동원했을 것이라고 짐작하기 때문이다. 무극애가 아니라면 호천궁밖에 없다. 검황천문이 마중천까지 동원했을 리가 없다.

후호세영의 주먹코 청년은 미간을 깊이 좁히더니 감후성을 보며 진중하게 말했다.

"이걸 어떻게 받아들여야 하오?"

*　　　*　　　*

여태까지도 그랬지만 지금부터도 진천룡은 전혀 준비 없이 생짜로 대처하는 것이다.

후호세영 주먹코 청년의 물음에 감후성으로서는 대답할 말이 있을 리가 없다.

감후성은 진천룡이 왜 이러는 것인지 모른다. 모르는데 무슨 말을 한다는 말인가.

그의 의도를 짐작이라도 해야지만 돕든가 제지를 할 것이 아니겠는가.

진천룡은 일단 감후성하고는 대화가 끝났다고 판단했다. 그와 일행을 영웅문으로 데리고 가서 영웅문이 결백하다는 사실을 보여주기만 하면 되는 것이다.

주먹코 청년은 날카롭게 진천룡을 주시했다.

"귀하는 무극애 사람이 아니로군?"

진천룡은 엷은 미소를 지으며 느긋하게 말했다.

"그렇소."

부옥령과 화운빙은 눈도 깜빡이지 않고 진천룡에게서 시선을 떼지 않았다.

두 여자는 전신의 공력을 끌어올려서 만반의 태세를 갖추고 진천룡을 주시했다.

그녀들이 알고 있는 진천룡은 이런 상황 뒤에는 꼭 싸움을 했었다.

감후성은 좌우의 이남이녀에게 눈짓을 보내 나서지 말 것과 두어 걸음 물러나라고 지시했다.

감후성은 이런 일에 능숙한 사람이 아니라서 그의 눈짓은 못 본 사람보다 본 사람이 더 많았다.

감후성의 그 신호가 얼마나 허술한지 후호세영 네 사람도 다 보고는 더욱 경계했다.

감후성의 그런 행동은 진천룡을 돕는 것이 아니라 후호세영에게 경계심을 심어주어서 외려 불리하게 만들었다.

주먹코 청년을 비롯한 후호세영은 상황이 어떻게 돌아가는 것인지 내심 적잖이 당황했다.

그들은 무극애 사람들을 만나서 영웅문을 어떻게 공격할 것인지를 의논하려고 했는데 지금 이런 상황은 전혀 예상하지 못했었다.

주먹코 청년은 기선을 제압하려는 듯 눈에서 불을 뿜을 듯하며 진천룡을 주시했다.

"귀하는 누구요?"

진천룡은 일단 싸워야겠다는 판단이 서면 여덟 자 앞에 서 있는 후호세영 중에서 오른쪽 끝의 주먹코 청년과 그 옆의 유생처럼 창백한 안색의 청년을 공격하리라 마음먹었다.

부옥령과 화운빙은 진천룡의 눈빛을 보고 그가 누구와 누구 두 명을 공격할 것이라는 사실을 간파했다.

그래서 그녀들은 서로 한 번 슬쩍 쳐다보는 것으로 자신들이 누굴 공격할 것인지를 결정했다.

진천룡은 대답 대신 탁자의 자신의 빈 잔을 들어 보이고는 누구에게랄 것 없이 중얼거렸다.

"술이 없구나."

아무도 움직이지 않자 진천룡은 고집스럽게 팔짱을 끼면서 말했다.

"술이 없으면 나는 한마디도 하지 않겠다."

감후성은 밖을 향해 나직이 외쳤다.

"술을 가져와라."

밖에서 후다닥거리는 소리가 나더니 잠시 후에 아래층 주방에서 술 달라는 소리가 들렸다.

그러고는 다섯 호흡 뒤에 입구에서 하녀가 술을 가져왔다고 보고했다.

그러자 부옥령과 화운빙이 즉시 입구로 달려가 여러 병의 술을 받아서 진천룡 앞 탁자에 놓고는 근처로 물러났다.

사실 진천룡은 자신과 후호세영의 거리가 급습하기에 최적이라 생각했지만, 부옥령과 화운빙이 일 장 밖에 있어서 그녀들을 가까이 끌어들이느라 느닷없는 술타령을 했던 것이었다.

　부옥령과 화운빙은 누가 봐도 완벽한 하녀의 동작으로 물러나 후호세영의 등 뒤에 섰다.

　실내에 있는 사람들 중에서 부옥령과 화운빙을 의심하는 사람은 한 명도 없었다.

　진천룡은 선 채로 빈 잔에 술을 따르고는 매우 맛있게 술을 마셨다.

　그는 입맛을 다시면서 후호세영의 주먹코 청년을 쳐다보며 너스레를 떨었다.

　"아까 뭐라고 했소?"

　"귀하가 누구냐고 물었소."

　"아… 그렇구려."

　진천룡은 고개를 끄떡이고 나서 말했다.

　"귀하들이 공격하려는 영웅문의 문주가 바로 나요."

　"어……."

　후호세영은 물론이고 감후성 등도 적잖이 놀랐다.

　호천궁의 후호세영은 무극애와 손을 잡고 영웅문을 괴멸시키라는 명령을 받고 왔으므로 자신의 눈앞에 서 있는 사람이 스스로 영웅문주라고 밝히자 크게 놀란 것이다.

　감후성 등은 설마 진천룡이 호천궁 사람들 면전에서 자신의 신분을 당당하게 밝힐 줄 예상하지 못했기에 적잖이 놀랐던 것이다.

주먹코 청년이 미처 정신을 수습하기도 전에 진천룡은 그와 옆의 유생 같은 청년을 향해 벼락같이 덮쳐 가면서 양손을 힘껏 뻗었다.

슈우웃!

진천룡과 주먹코 청년하고의 거리는 불과 여덟 자 남짓이므로 그가 몸을 날리면서 손을 뻗자 이미 그의 손끝에 청년의 가슴이 닿았다.

그와 거의 동시에 부옥령과 화운빙이 나머지 두 명의 배후에서 귀신처럼 덮쳐 갔다.

"앗!"

"으헛!"

후호세영은 놀라서 다급한 외침을 터뜨렸지만 꼼짝 못 하고 당할 수밖에 없었다.

후호세영이 비록 호천궁주의 친자식들로서 호천궁 내에서 삼십 위 안에 꼽히는 초극고수라고 하지만 진천룡과 부옥령, 화운빙에게는 상대가 되지 않았다.

만약 진천룡이 일대일로 정정당당하게 겨룬다면 주먹코 청년을 삼초식 이내에 굴복시킬 수가 있다.

또한 진천룡과 부옥령, 화운빙 세 사람이 합공을 한다면 후호세영을 오초식 이내에 쓰러뜨리게 될 것이다.

그런데 진천룡과 부옥령, 화운빙이 방심한 틈을 노려서 급습을 했으며, 그것도 여덟 자라는 짧은 거리와 등 뒤에서 공격했으니 후호세영으로서는 절대로 피하거나 반격할 재간이 없었다.

퍼퍼퍼퍽!

"흐윽!"

"아악!"

네 개의 작고 둔탁한 격타음과 네 마디 답답한 신음이 동시에 터졌다.

쿠당탕! 쿠쿵!

네 명은 동시에 붕 날아갔다가 바닥에 나뒹굴었다.

다음 순간 진천룡과 부옥령, 화운빙이 그림자처럼 다가들어 특수한 점혈수법으로 혈도를 제압했다.

파파파파팍…….

"음……."

"으으……."

후호세영은 졸지에 뻣뻣하게 굳어버렸다.

감후성 등은 놀라서 진천룡과 부옥령, 화운빙을 번갈아 쳐다보았다.

모든 것이 놀라운 일투성이였다.

진천룡이 느닷없이 호천궁 사람들을 급습한 것도 놀라운 일이지만, 하녀인 줄만 여겼던 두 여자가 찰나지간에 후호세영 두 명을 거꾸러뜨리고 이어서 제압한 솜씨는 혀를 내두를 정도로 완벽했다.

진천룡은 정정당당이니 뭐니 하는 골치 아픈 방법을 버리고 빠르면서 간편한 길을 선택했다.

어차피 그는 호천궁을 적이라고 판단했으며 일단 제압해야 겠다고 결정했었다.

그런 결정을 내렸으면 즉각 해치우는 것이 좋다. 질질 끌면서 미루다가 다 된 밥에 모래를 끼얹는 일이 벌어질 수도 있기 때문이다.

진천룡과 부옥령, 화운빙이 쓰러져 있는 후호세영 옆에 우뚝 서 있는데 감후성이 놀란 얼굴로 나직이 외쳤다.

"어째서 그들을 공격한 것이오?"

진천룡은 주먹코 청년의 어깨를 덥석 잡고 일으켜서 앉히며 지나가는 말처럼 대꾸했다.

"그럼 귀하들을 공격했어야 하오?"

"그… 게 무슨 말이오?"

부옥령과 화운빙이 후호세영의 나머지 세 명을 일으켜서 나란히 앉히는 동안 진천룡은 감후성을 보며 별일 아니라는 듯한 얼굴로 말했다.

"무극애와 호천궁은 결탁해서 영웅문을 공격하려고 했소."

후호세영은 앉혀진 채 두 사람의 대화를 들었다.

간후성은 짐짓 단호한 표정을 지었다.

"호천궁과의 대화가 결렬될 수도 있소."

"그러면 영웅문을 공격하지 않을 것이오?"

그것은 아니기 때문에 감후성은 대답을 못 하고 머뭇거렸다.

진천룡은 담담한 표정이지만 그가 하는 말은 비수처럼 감후성의 가슴에 꽂혔다.

"무극애와 호천궁은 영웅문을 괴멸시키기로 작정했소. 그랬기 때문에 서로 만나서 대화를 하기로 했던 것이오. 그런데 대화가 결렬된다고 해서 원래의 목적을 접지는 않을 것이오. 안 그렇소?"

"……."

감후성은 아무 말도 못 했다.

진천룡은 후호세영을 굽어보면서 말했다.

"나는 이들을 죽이거나 영웅문으로 끌고 가서 볼모로 삼을 것이오. 그렇게 해서라도 호천궁의 화살을 피해야겠소."

감후성은 잠시 생각하다가 미간을 찌푸렸다.

"너무 비열한 방법이 아니오?"

"비열하다고?"

진천룡은 발끈했다.

감후성은 움찔했지만 진천룡은 멈추지 않았다.

"이것 보시오. 영웅문이 도대체 무극애와 호천궁에게 무슨 죄를 지었기에 우릴 괴멸시킨다는 것이오?"

"우리는 천하를 수호할 의무가……."

진천룡은 버럭 소리를 질렀다.

"개나발 같은 소리 집어치우시오!"

"……"

개나발이라는 말에 감후성은 움찔했고, 이남이녀는 매우 불쾌한 표정을 지었다.

진천룡은 감후성을 보면서 두 손을 허리에 얹고 차돌처럼 단단한 표정으로 말했다.

"천하가, 그리고 무림이 무극애와 호천궁, 아니, 천하사대비역의 소유물이나 되는 것처럼 말하는데 열흘 삶은 호박에 이빨도 들어가지 않을 개소리는 집어치우는 게 좋소!"

부옥령과 화운빙은 진천룡 좌우에 서서 날카롭게 주변을 경계하고 있다.

"내가 일전에 성신도 대도주에게도 말한 적이 있지만, 이 땅은, 이 천하는 말이오! 대명제국의 소유물도 아니오! 어느 누구의 소유물이 아니라는 말이오!"

진천룡은 열이 났는지 이마와 목에 힘줄이 불끈 솟구쳤다.

"힘 있는 세력이 천하의 땅덩어리 어딘가를 조금 장악했다가 힘이 약해지면 뺏기고, 또 다른 세력이 차지했다가 서로 죽이고 죽고 하는 과정에 주인이 수십 번도 더 바뀌는 것이 천하의 땅덩어리요!"

진천룡은 설교하듯이 말하다가 이들에게 구태여 이런 말을 해서 무슨 소용이 있겠는가 하는 생각이 들었다.

진천룡은 누구에게랄 것 없이 후호세영을 턱으로 가리키면서 명령했다.

"저것들 끌고 가자."

그때 입구와 창을 통해서 몇 개의 시커먼 그림자들이 안으로 스며들어 왔다.

스스스……·

그들은 청랑과 은조, 훈용강 등 진천룡의 최측근들이며 조금 전에 도착하여 바깥에 은둔해 있었다.

감후성은 새로 나타난 진천룡의 최측근들을 보면서 기가 질린 표정을 지었다.

그는 무엇보다도 하녀의 복장을 하고 있는 부옥령과 화운빙에게서 시선을 떼지 못하다가 결국 조심스럽게 물었다.

"그녀들은 귀하의 수하요?"

기분이 나빠진 진천룡은 속으로 노여움을 삭이면서 고개를 끄떡였다.

"그렇소."

진천룡은 부옥령을 턱으로 슬쩍 가리켰다.

"이 사람이 무정신수요."

"아아……·"

"이런 맙소사……·"

감후성과 그 일행들은 크게 놀라는 동시에 섬뜩함을 느꼈다. 왜냐하면 여태까지 부옥령과 화운빙이 자신들의 좌우 가까운 곳에 시립해 있었기 때문이다.

만약 진천룡이 공격할 마음이 있었다면 감후성 등은 반격해 보지도 못하고 당했을지 모른다.

조금 전에 후호세영 네 명이 당하는 것을 보니까 그야말로 전광석화나 다름이 없었다.

진천룡과 부옥령, 화운빙의 무위가 예상했던 것보다 훨씬 고강한 데다, 느닷없이 급습을 하면 감후성 등은 속수무책으로 당할 수밖에 없었을 것이다.

그런데 그때 부옥령이 걸치고 있던 하녀 복장을 훌훌 벗더니 속에 입고 있는 붉은 홍의 경장 차림을 드러냈다.

그뿐 아니라 공력으로 발휘하고 있던 변체환용수법을 풀어서 진면목을 드러내자 감후성 등은 그녀의 절세미모에 눈이 휘둥그레졌다.

"아아……."

여타 다른 남자들처럼 침을 질질 흘리지는 않았지만 그들도 부옥령의 미모에 한동안 눈이 멀었다.

第百八十四章

종초홍(宗草虹)

　부옥령은 두 손으로 부드럽게 진천룡의 얼굴을 쓰다듬어 진 면목을 회복시키고 나서 화운빙도 회복시켜주었다.

　감후성을 비롯한 무극애 사람들은 부옥령과 진천룡, 화운빙을 보느라 한동안 얼이 빠진 것 같았다.

　부옥령과 화운빙, 그리고 진천룡이 아름답고 잘생겼기 때문이기도 하지만, 그들이 평범하거나 못생긴 얼굴이었다가 갑자기 본모습을 찾았기 때문에 놀란 것이다.

　더구나 부옥령과 화운빙은 십칠 세 남짓의 어린 소녀라서 더욱 놀랐다.

　감후성 등은 부옥령과 화운빙의 나이가 사십 대라는 사실은 상상조차 하지 못했다.

그들뿐만 아니라 호천궁 사람들도 강호의 경험이 전무한 편이라서 그런 점에서는 무척이나 순수했다.

부옥령은 놀라고 있는 무극애 사람들을 더 골려주려는 생각으로 진천룡 귀에 입술을 바싹 대고 마치 뺨에 입맞춤이라도 하는 것처럼 전음을 보냈다.

[당신이 너무 잘생겨서 저 사람들이 놀라는 거예요.]

순진한 진천룡은 그 칭찬에 흐뭇한 미소를 지으며 장군 멍군 하고 있다.

[네가 너무 예뻐서 그러는 거야.]

부옥령은 진천룡이 그런 말을 할 줄은 전혀 예상하지 못했는지 급습을 당한 것처럼 깜짝 놀라면서 얼굴이 잘 익은 능금처럼 빨개졌다.

[어머? 당신이 그런 말도 할 줄 알아요?]

그녀는 싫지 않은 듯한 얼굴로 눈을 곱게 흘기며 주먹으로 그의 어깨를 가볍게 두드렸다.

두 사람의 그런 모습은 누가 봐도 연인이나 부부 같아서 무극애 사람들은 가슴을 두근거리면서 바라보았다.

화운빙도 질세라 진천룡의 반대편에서 그의 뺨에 입술을 붙이고 전음으로 종알거렸다.

[주인님, 천첩은 예쁘지 않은가요?]

진천룡은 빙그레 미소 지었다.

[물론 예쁘지. 그러나 령아가 훨씬 더 예쁘다.]

화운빙은 입술을 삐죽거렸다.

[흥! 주인님은 좌호법님만 예뻐하시고…….]

진천룡은 화운빙의 엉덩이를 가볍게 때렸다.

탁!

[이제 그만해라.]

화운빙의 미모는 부옥령에 견줄 바는 아니지만 나라를 망하게 만들 경국지색 정도는 된다.

그래서 무극애 사람들은 부옥령과 화운빙 두 여자, 아니, 소녀가 진천룡의 연인일 것이라고 짐작하여 부러움과 질시의 표정으로 바라보았다.

진천룡은 감후성을 보며 말했다.

"여기에서 하겠소? 아니면 장소를 옮기겠소?"

"아……."

감후성은 정신을 수습하고 진천룡에게 물었다.

"무엇을 한다는 말이오?"

진천룡은 후호세영을 턱으로 가리켰다.

"저들을 죽일 것인지 어쩔 것인지 일단 심문을 해봐야겠소. 귀하들이 그런 광경을 보기 싫다면 그만 가보시오. 우리끼리 하겠소."

감후성은 생각할 것도 없다는 듯이 고개를 가로저었다.

"아니오. 우리도 같이 있겠소."

어떤 중요한 일이 발생하는데 거기에 자신들이 없다는 것은 매우 불리한 앞날을 예고하는 것이다.

더구나 자신들과 대화를 하려고 했던 호천궁 사람들이 심문을 당하는 광경을 지켜보지 않을 수가 없다.

"장소는 어디가 좋겠소?"

"우리는 아무 데나 상관이 없소."

진천룡의 물음에 감후성은 두 팔을 벌려 보였다.

"그럼 여기에서 합시다."

진천룡이 조양문이나 천추각으로 자리를 옮긴다면 약한 모습을 보이는 것이다.

진정한 맹수는 상대가 누구든지 그리고 장소 불문하고 막강해야 하는 것이다.

나란히 놓인 의자에 진천룡과 부옥령, 그리고 감후성 세 사람이 앉아 있으며, 다른 사람들은 그들의 뒤나 옆에 줄지어 서 있다.

진천룡 전면에는 후호세영 네 명이 마혈과 아혈이 제압된 상태로 앉아 있다.

그들은 제압당하기 직전에 각자 일격을 당해서 부상을 입은 몸이다.

그러나 상처가 심하진 않았다. 제압하기 위해서 힘을 조절하여 일격을 가한 것이므로 중상을 입었을 리가 없다.

나란히 일렬횡대로 앉혀진 그들은 눈빛만으로 사람을 죽일 것처럼 사나운 안광을 뿜어내면서 진천룡과 감후성 등을 쏘아보고 있었다.

아까 진천룡은 후호세영을 급습하기 직전에 '영웅문주가 바로 나요'라고 말했었다.

후호세영은 그 말의 의미를 제대로 알아듣기도 전에 급습을 당해 와르르 무너졌었다.

이후 혈도가 제압당한 상태에서 진천룡과 감후성의 대화를 들으면서 상황을 어느 정도 유추할 수 있게 되었다.

무극애와 호천궁은 수백 년 동안 서로 왕래가 거의 없었는데 이번에 영웅문 공격을 놓고 실로 오랜만에 회동을 하게 된 것이었다.

무극애와 호천궁이 영웅문을 공격하려는 이유와 목적은 똑같았다.

영웅문이 성신도와 합작하여 천하를 제패하려는 야망을 품고 있다고 여긴 것이다.

사실 진천룡에게 무극애와 호천궁은 똑같은 상대다. 만약 진천룡이 무극애보다 호천궁 사람들을 먼저 만났다면 입장이 바뀌었을 수도 있다.

저기에 제압되어 앉아 있는 사람이 감후성 등일 수도 있다는 뜻이다.

부옥령이 후호세영을 응시하며 가볍게 고개를 끄떡였다.

"일단 저들에게 분근착골수법을 시전해라."

그녀의 말이 떨어지기 무섭게 옆에 서 있던 청랑과 은조가 미끄러지듯이 후호세영에게 다가갔다.

후호세영은 강호에 분근착골수법이 있다는 말은 들었지만 그것에 당하는 사람을 직접 본 적이 없을뿐더러 자신들이 당한 적은 더더욱 없다.

그래서 분근착골수법이 무섭다는 말은 들었으나 얼마나 무서운지는 모른다.

알고 있다면 지금처럼 가소로운 표정을 짓지 않을 것이다. 지금 그들의 표정은 '무슨 짓이라도 해봐라. 우리가 눈 하나 까딱하는지'라고 말하는 것 같았다.

분근착골수법이 얼마나 무서운지 모르기는 무극애 사람들도 마찬가지다.

청랑과 은조가 일단 주먹코와 유생 같은 청년 두 명에게 분근착골수법을 전개했다.

파파파파팍!

청랑과 은조가 가볍게 소매를 떨치자 강기가 뿜어졌다가 다시 수십 줄기로 갈라져서 주먹코와 유생 청년의 온몸에 한꺼번에 작렬했다.

그러면서 청랑과 은조는 주먹코와 유생의 마혈과 아혈을 풀어주었다.

분근착골수법의 고통을 극대화시키려면 발버둥을 쳐야 하

고 처절한 비명을 질러야 하기 때문이다.

진천룡을 비롯한 영웅문 사람들은 담담한 표정으로 지켜보는 데 비해서, 무극애 사람들은 눈도 깜빡이지 않고 극도로 긴장하는 표정으로 지켜보았다.

그 순간 주먹코와 유생의 입에서 처절한 비명이 찢어질 것처럼 쏟아져 나왔다.

"끄아아악!"

"우와아아악!"

"멈춰라."

부옥령의 명령에 청랑과 은조가 주먹코와 유생의 분근착골수법을 해제하고 마혈만 제압했다.

"흐으으……."

"으으흐으……."

주먹코와 유생은 바닥에 퍼질러 누워서 온몸을 푸들푸들 떨며 신음을 흘렸다.

두 사람의 옷은 갈가리 찢어진 상태이고 머리카락은 봉두난발인 데다, 얼마나 용을 썼는지 입과 코, 눈, 귀에서 피가 흐르고 있었다.

그뿐이 아니라 둘 다 오줌을 싸서 아랫도리와 바닥이 흥건하게 젖은 상태다.

주먹코와 유생 같은 청년은 분근착골수법을 직접 당한 당사

자이지만, 그들이 고통에 못 이겨서 지랄발광 하는 광경을 똑똑히 목격한 후호세영의 나머지 두 명과 무극애 사람들은 만면에 경악지색을 가득 떠올리고 있었다.

그들은 오늘 이후 사람들에게 말할 것이다. 죽음보다 더한 고통이 존재한다면 그것은 바로 분근착골수법이라고 말이다.

직접 당해보지 않고서도 그렇게 말할 수 있는 것은 주먹코와 유생의 처절한 몸부림이 그들에게도 고스란히 전해졌기 때문이었다.

부옥령은 후호세영의 나머지 둘을 가리키면서 그들의 아혈을 슬쩍 풀어주었다.

"이번에는 저 둘에게 분근착골수법을 시전해라."

그 순간 두 명 즉, 날렵한 체구에 준수한 용모를 지닌 청년과 짙은 눈썹에 크고 검은 눈, 양볼에 보조개가 깊게 파인 소녀가 약속이나 한 것처럼 처절하게 울부짖었다.

"안 돼! 제발 하지 마!"

"싫어요! 용서해 주세요!"

두 사람은 자신들의 아혈이 언제 풀려서 말을 할 수 있게 되었는지 놀랄 겨를도 없이 비통하고 애절하게 절규했다.

십팔구 세쯤 된 소녀가 목젖이 보이도록 입을 크게 벌리고 악을 썼다.

"도대체 무엇 때문에 이러는 거가요? 물어볼 말이 있으면 해보세요! 다 대답할게요! 제발 우리한테 분근착골수법만은 하지 마세요!"

그때 부옥령이 손을 뻗었다.

스웃…….

파파팟…….

그녀의 중지에서 흐릿한 백색 광채가 뿜어지더니 중도에서 십여 갈래로 갈라져서 후호세영 세 명의 아혈을 제압했다.

그 수법은 너무도 신묘하고 또 아름답기까지 해서 보는 이들은 입을 벌리고 감탄했다.

부옥령은 보조개 소녀를 보며 차분하게 말했다.

"네 이름이 무엇이냐?"

"종초홍(宗草虹)이에요."

부옥령은 자상한 표정을 지었다.

"홍아, 묻는 말에 잘 대답할 테냐?"

누가 보면 십칠 세 소녀가 십팔구 세 소녀를 손녀처럼 대하는 것 같아서 몹시 우스꽝스러운 광경이다.

그러나 이미 부옥령은 이곳에서 신격화가 끝난 상황이기 때문에 아무도 이상하게 여기지 않았다.

종초홍은 커다란 눈을 더욱 크게 뜨면서 매우 순종적인 표정으로 대답했다.

"네… 무엇을 묻든지 다 대답할게요."

부옥령은 고개를 끄떡였다.

"그럼 일어나서 이리 오너라."

부옥령은 청랑을 돌아보았다.

"랑아, 저 아이에게 의자를 갖다주어라."

종초홍은 자신의 마혈이 제압되었다고 알고 있으며 부옥령이 마혈을 풀어주는 걸 본 적이 없기 때문에 반신반의하는 표정으로 슬쩍 하고 조금 일어나 보았다.

"아……."

그런데 자신의 몸이 별 무리 없이 일으켜지자 종초홍은 화들짝 놀라서 약간 비틀거렸다.

그녀가 크게 놀라고 당황하는 얼굴로 쳐다보자 부옥령은 청랑이 갖다 놓은 의자를 턱으로 가리켰다.

"여기 앉아라."

그 의자는 진천룡과 부옥령, 감후성이 나란히 앉아 있는 앞에 마주 보게 놓여 있었다.

종초홍은 극도로 긴장하고 또 겁에 질린 표정을 지으며 몇 걸음 걸어가다가 멈추었다.

그러고는 뒤돌아보았다. 뒤쪽에 나란히 앉아 있는 주먹코와 유생, 준수한 용모의 청년들은 눈을 부릅뜨고 그녀를 쏘아보는데 그들의 표정이 무엇을 말하는지는 알 수가 없다.

문득 종초홍의 시선이 부지중에 주먹코와 유생의 아랫도리로 향했다. 퍼질러 앉은 자세인 그들의 하체는 오줌에 흠뻑 젖어 있었다.

주먹코와 유생은 그녀의 시선을 따라서 눈동자를 아래로 향했다가 수치심 때문에 얼굴이 붉어졌다.

후호세영의 청년 세 명은 자신들의 사촌, 혹은 팔촌 사이인 소녀를 몹시 연모하고 있는데, 주먹코와 유생은 자신들이 오줌을 싼 수치스러운 모습을 보였으니 그 심정이 어떨지 짐작할 수가 있을 터이다.

종초홍은 자신도 모르게 부르르 몸을 떨었다. 만약 그녀가 분근착골수법에 당한다면 고통도 고통이려니와 저렇게 오줌을 싼다는 상상을 하니까 돌아버릴 것만 같았다.

이렇게 많은 사람 앞에서 고통에 몸부림치다가 오줌을 쌀 바에는 차라리 죽는 게 낫다.

종초홍이 의자까지 일 장 반 거리를 걸어오는 데 열 호흡 이상 걸렸지만 부옥령이나 진천룡은 잠자코 기다려 주었다.

또한 종초홍은 자신의 마혈과 아혈이 풀렸지만 진천룡이나 부옥령을 공격한다거나 이곳에서 도망친다는 생각일랑 언감생심 추호도 하지 못했다.

*   *   *

종초홍은 의자 앞에 서서 전면의 부옥령을 쳐다보는데 눈빛이 크게 흔들렸다.

그녀는 부옥령이 아름답다는 생각이 들지 않았고 그저 무서울 뿐이다.

부옥령과 시선이 마주치자 종초홍은 자신도 모르게 부르르 몸을 떨었다.

"앉아라."

부옥령의 잔잔한 말에 종초홍은 화들짝 놀랐다가 엉거주춤 의자에 앉았다.

종초홍은 다리를 모으고 꼿꼿한 자세로 앉아서 부옥령을 쳐다보다가 감히 마주 보지 못하고 눈을 내리깔았다.

부옥령은 종초홍처럼 어리고 순진하며 강호 경험이 없는 소녀를 다루는 것은 땅 짚고 헤엄치는 것보다 쉽다고 생각했다.

부옥령은 잔뜩 겁먹은 채 눈을 마주치지도 못하는 종초홍을 어떻게 다루는지 잘 알고 있다.

"너희 네 명은 어떤 관계냐?"

부옥령의 첫 번째 질문이 떨어지자 종초홍은 더듬거리지 않으려고 애쓰며 대답했다.

"우리는 종씨 가문의 사촌과 육촌지간이에요."

"호천궁주와 제일 가까운 자가 누구냐?"

"저예요."

"어떤 관계지?"

종초홍은 조금 의기양양하게 대답했다.

"궁주가 저희 어머니예요."

부옥령은 자세를 조금 편하게 앉으면서 말했다.

"호천궁주는 영웅문을 어떻게 하려는 것이냐?"

애기가 본론으로 들어가자 종초홍은 조금 긴장한 표정을 지으며 마른침을 삼켰다.

종초홍은 이제부터 하는 말이 매우 중요하다 생각해 머릿속으로 생각을 정리한 후에 말했다.

"영웅문이 정말로 천하를 제패할 계획인지, 그리고 성신도와 손을 잡았는지 먼저 알아보라고 말씀하셨어요."

"그리고?"

종초홍은 방금 자신이 한 말에 실수가 없었는지 다시 반추를 한 후에 대답했다.

"그래서 영웅문이 성신도와 손을 잡았다는 확실한 정황이 포착되면 그 즉시 무극애와 연합하여 영웅문을 괴멸시킨다는 계획이에요."

진천룡은 팔짱을 낀 채 묵묵히 종초홍을 응시하고 있다. 평소에 그는 대부분의 일을 부옥령에게 맡겼던 것처럼 이곳에서도 다를 게 없다.

"세력은 얼마나 이끌고 왔느냐?"

"이천 명이에요."

부옥령은 표정의 변화 없이 물었다.

"이천 명으로 영웅문을 괴멸시킬 수 있느냐?"

종초홍은 약간 머뭇거리더니 용기를 내서 대답했다.

"출발할 때는 그 정도로 충분하다고 믿었어요."

부옥령은 종초홍이 뭐라고 말할지 이미 짐작하고 있으면서 물었다.

"그런데?"

종초홍의 얼굴이 흐려졌다.

"그런데 이제는 생각이 바뀌었어요."

"어떻게 말이냐?"

"본궁의 호천고수(昊天高手) 이천 명으로는 영웅문을 괴멸시킬 수 없다는 생각이 들었어요."

"어째서 그렇지?"

종초홍은 부옥령을 힐끗거리며 조심스럽게 말했다.

"당신들의 무위가 생각했던 것보다 너무 고강한 것 같았어요. 그렇다면 영웅문 고수들도 호락호락하지 않을 거예요. 장수를 보면 수하의 수준을 짐작할 수 있는 거죠."

부옥령은 눈을 약간 좁혔다.

"너희는 애초에 호천궁만으로 충분히 영웅문을 괴멸시킬 수 있을 것이라고 예상했으면서 어째서 무극애와 손을 잡으려고 한 것이냐?"

"그것은……."

종초홍은 머뭇거리며 대답했다.

"아무리 그렇더라도 어렵게 신승(辛勝)하는 것보다는 무극애와 손을 잡고 낙승(樂勝)하는 것이 좋으니까요."

그렇게 말하고 나서 종초홍은 부옥령의 눈치를 살폈다.

"그것뿐이냐?"

"네……."

종초홍은 고개를 끄떡였지만 누가 봐도 자신 없는 표정을 짓고 있었다.

부옥령은 담담한 표정으로 말했다.

"방금 네가 한 말이 거짓말이라면 분근착골수법을 당해도 괜찮겠느냐?"

"아아……."

종초홍은 늘씬한 몸뚱이를 바르르 세차게 떨면서 얼굴이 온통 두려움으로 물들었다.

그것만 봐도 그녀가 방금 한 말이 거짓말이라는 사실을 짐작할 수가 있다.

"사실을 말하겠느냐?"

"……."

종초홍은 진실을 말할 수 없는 것이 아니라 지금 상황이 너무도 공포스러워서 입이 열리지 않았다.

부옥령은 종초홍으로 하여금 진실을 모조리 실토하게 하려면 더욱 만신창이로 만들어야겠다고 생각했다.

"랑아."

부옥령의 부름에 청랑이 미끄러지듯이 다가와서 종초홍 옆에 섰다.

"흐이익……!"

그것만으로도 종초홍은 기겁을 하여 안색이 새하얗게 질리고 눈이 화등잔처럼 커졌다.

부옥령은 종초홍이 겁에 질리거나 말거나 차분한 목소리로 명령했다.

"그 아이에게 뜨거운 맛을 보여줘라."

"아, 아니에요! 잘못했어요!"

종초홍은 벌떡 일어나서 팔다리를 휘저으며 울부짖는데 그 모습이 너무도 애처로웠다.

청랑이 가까이 다가오자 종초홍은 두 눈에 핏발이 곤두서서 발악했다.

"안 돼! 가까이 오지 마! 죽일 거야!"

그렇게 말을 하면서 이미 청랑을 향해 전력으로 일장을 발출하고 있었다.

슈아아앗!

제압된 채 앉아 있는 후호세영 세 명은 종초홍이 겁에 질린 나머지 가문의 절세비기인 호천신력(昊天神力)을 발휘하고 있다는 사실을 파공음만으로 알았다.

종초홍은 육 성까지밖에 연마하지 못했기에 호천신력이지만 만약 십 성까지 완벽하게 연마한다면 신력보다 더 높은 강기의 최고봉인 절강 즉, 호천절강을 발휘할 수가 있다.

그렇더라도 후호세영 세 명은 영웅문주의 일개 수하인 청랑이 종초홍의 호천신력을 절대로 막거나 피하지 못할 것이라고 확신했다.

청랑은 호천궁주의 딸이 전력을 다해서 공격을 하는 것이므로 감히 방심하지 못하고 그녀 역시 전력으로 대라벽산의 절초 칠초식 발탄기공을 뿜어냈다.

꽈릉!

"아악!"

"음……."

찢어지는 처절한 비명 소리와 묵직한 신음 소리가 한데 뒤섞여서 흘러나왔다.

쾅! 픽!

"흐윽!"

종초홍은 뒤로 빨랫줄처럼 쏜살같이 날아가서 벽에 모질게 부딪쳤다가 바닥에 떨어졌다.

반면에 청랑은 뒤로 세 걸음 물러났을 뿐이며 안색이 약간 해쓱해졌다가 잠시 후에 평소의 혈색을 되찾았다.

청랑은 방금 일장을 마주친 오른팔이 뻐근하고 시큰거리는 것을 느꼈지만 그러다가 말 것이라고 생각했다.

그녀는 진천룡의 최측근으로서 이날까지 여기저기에서 무수한 싸움을 해왔기 때문에 이 정도는 아무렇지 않다는 사실을 잘 알고 있었다.

종초홍은 공교롭게도 후호세영 세 명이 앉아 있는 앞쪽 바닥에 떨어졌다.

그녀는 천장을 보고 누운 자세로 몸을 꿈틀거리면서 고통스러운 신음을 토해냈다.

"으으… 아아……."

그녀는 방금 전 격돌의 여파로 두 팔과 가슴의 옷이 갈가리 찢어졌으며, 백지장처럼 창백한 안색에 칠공에서 피를 쏟듯이 흘리고 있었다.

그뿐 아니라 반쯤 감은 눈은 초점 없이 이리저리 부유했으며 두 손은 허공을 허우적거렸다.

"아아… 어머니……."

후호세영 세 명은 자신들의 눈앞에서 중상을 입은 채 버둥거리고 있는 종초홍을 보면서 심장을 토하고 간이 쪼개지는 것처럼 괴로워했다.

그들은 종초홍이 호천궁주의 외동딸로서 지난 십팔 년 동안 오로지 귀여움만 받으면서 성장했다는 사실을 잘 알고 있기에 그녀가 피를 토한 채 고통스럽게 허우적거리는 모습을 보니 미칠 것만 같았다.

부옥령은 종초홍을 그대로 내버려 두고 유생처럼 생긴 청년을 가리켰다.

"너, 이리 와라."

그 순간 유생 청년이 앉은 자리에서 둥실 한 자쯤 허공으로 떠올랐다가 비스듬히 부옥령을 향해 날아갔다.

스으으……

진천룡을 비롯한 영웅문 사람들을 제외한 모두가 그 광경을 보면서 눈을 휘둥그렇게 뜨고 벌린 입을 다물지 못했다.

이 장 넘는 거리에 있는 사람을 접인신공으로 끌어당기다니, 이 자리에 있는 무극애와 호천궁 사람들은 접인신공을 할 순 있었지만 의자를 몇 발자국 정도 움직일 수 있는 정도이지 상대가 사람이면 꿈쩍도 못 할 것이다.

그러므로 사람들은 영웅문의 무정신수가 자신들보다 최소한 두세 수 위의 절대고수라는 사실을 인정할 수밖에 없는 상황이다.

어느 누구보다 혼비백산한 사람은 허공을 비스듬히 둥둥 떠가고 있는 유생 청년이다.

그는 마혈과 아혈이 제압된 상태이기 때문에 발버둥치지도 못하고 신음 소리도 내지도 못하는 상황에 그저 두 눈이 화등잔처럼 커져서 몸을 가늘게 부들부들 떨고 있었다.

부옥령이 뻗었던 오른손으로 전면의 의자를 가리키며 천천히 아래로 내리자 유생 청년의 몸이 스르르 의자에 앉혀졌다.

그와 동시에 부옥령이 아혈을 풀어주자 유생 청년의 입에서 괴이한 소리가 터져 나왔다.

"아아… 흐아아… 흐으으……."

다음 순간 그는 자신의 입에서 흘러나온 탄성에 놀라서 급히 입을 다물었다.

부옥령은 유생 청년을 바라보며 조용한 목소리로 물었다.

"네 이름은 뭐냐?"

유생 청년은 학식이 높은 데다 무척이나 예의범절을 따지는 성격이라서, 자신보다 한참 연하인 부옥령의 하대를 평소였다면 절대로 참지 못했을 것이다.

"공한부(孔翰駙)요……."

"너는 어째서 공씨냐?"

"어머니께서 종씨이며 궁주의 언니요."

"너의 지위는 무엇이냐?"

"나는……."

"랑아."

부옥령이 청랑을 부르자 공한부는 벼락같이 급히 대답했다.

"부… 부군사(副軍師)요……."

"호오… 네가 군사라고?"

"부군사요."

공한부는 '부'에 힘을 주었다.

"군사는 누구냐?"

"부친이오."

공한부 뒤쪽 바닥에 쓰러져 있는 종초홍은 몸을 푸득푸득 떨고 있으며 입으로는 검붉은 핏물을 쉼 없이 꾸역꾸역 토해 내고 있었다.

바로 코앞에서 종초홍이 죽어가는 모습을 보고 있는 주먹코와 준수한 용모의 청년은 두 눈을 찢어질 듯이 부릅뜨고 입을 벙긋거렸다.

종초홍을 치료해 달라고 외치는 것인데 한마디도 소리가 되어 나오지 않았다.

부옥령은 공한부를 보면서 조금 전에 종초홍에게 물었던 것을 다시 물었다.

"호천궁이 무극애와 손을 잡으려고 한 이유가 무엇이냐?"

"……."

"아마 그 이유는 네 머리에서 나오지 않았겠느냐?"

호천궁이 무극애와 손을 잡고 영웅문을 공격하기로 한 이유는 조금 전에 종초홍이 말한 것 외에 하나가 더 있다.

부옥령이 지적한 것처럼 그 두 가지 이유는 공한부의 머리에서 나왔다.

공한부에게서 대답이 없자 청랑이 그의 옆으로 다가왔다.

그 순간 공한부는 다급히 외치듯이 말했다.

"무극애에게 영웅문 괴멸을 덮어씌우려고 했소……!"

말인즉, 호천궁은 무극애와 손을 잡고 영웅문을 괴멸시킨 후에 자신들은 쏙 빠지고 그것이 무극애의 소행이었다고 슬쩍 소문을 흘릴 계책이었다.

감후성을 비롯한 무극애 사람들은 놀라면서도 어이없는 표정을 지었다.

영웅문을 괴멸시킨 이후에 무림에서 어떤 일이 벌어질지는 예상할 수 없지만 그것에 대한 죄와 벌은 무극애가 혼자 뒤집어쓰라는 뜻이다.

감후성 등은 주먹을 움켜쥐고 분노로 몸을 떨었다.

"실로 비열하기 짝이 없는 짓이로군⋯⋯!"

그러자 공한부가 감후성을 쏘아보며 날카롭게 쏘아붙였다.

"비열하다고? 천무동의 모든 것을 혼자 차지한 너희 무극애
는 비열하지 않다는 말이냐?"

진천룡과 부옥령으로서는 전혀 예상하지 않았던 방향으로
전개되고 있다.

부옥령은 둘의 말싸움을 지켜보기만 할 뿐 어느 편을 거들
지 않았다.

무극애와 호천궁이 말다툼을 하다 보면 더 많은 정보가 흘
러나올 수도 있기 때문이다.

第百八十五章

호천궁의 음모

감후성은 공한부를 보며 정색을 하고 꾸짖었다.

"말이 너무 심하지 않소? 나를 언제 봤다고 아랫사람 대하듯이 하는 것이오?"

마혈이 제압되어 움직이지 못하는 공한부는 눈동자만으로 감후성을 쏘아보며 으르렁거렸다.

"말이 심하다고? 본가(本家)인 천무동의 모든 것들을 고스란히 물려받아서 수백 년 동안 고생이라곤 모르면서 살아온 너희들이 우리더러 그런 말을 할 수 있는 것이냐?"

천하사대비역은 모두 천무동이라는 본가에서 파생되었다. 그러므로 굳이 따진다면 천무동의 '감씨' 성을 물려받은 무극애가 적통(嫡統)이라고 할 수 있다.

그렇다면 나머지 세 개의 세력은 서자(庶子) 다시 말해서 서맥(庶脈)인 것이다.

그러나 엄밀히 따진다면 성신도는 서맥이라고 할 수 없다. 천무동에서 갈라져 나올 당시에 성신도의 시조인 화조연은 천무동주 감선교의 본부인이었기 때문이다. 본(本)이라는 것은 적통을 의미한다.

반대로 두 명의 첩이 세운 호천궁과 창파영은 서자로 이어진 서맥인 것이다.

삼남사녀 중에서 화조연을 따라 나온 일남삼녀는 모두 감씨 성을 지닌 적자들이었다.

그들은 이후에 모두 모친의 성을 따라서 화씨 성으로 개명을 했었다.

악에 받친 듯 핏발이 곤두서 부르짖는 공한부의 말이 틀린 것은 아니다.

예전 천무동 사람들은 천무동에서 무극애로 이름만 바꿨을 뿐이지 천무동의 모든 것들을 고스란히 지닌 채 누리면서 살아왔었다.

반면에 성신도와 호천궁, 창파영은 정말 아무것도 없는 무의 상황에서 궁핍하고 척박하게 살아왔다.

그러므로 호천궁의 부군사라는 공한부가 하는 말은 그것에 대한 한 서린 원망인 것이다.

공한부는 차오르는 분노를 간신히 억누르면서 감후성을 쏘아보았다.

"심한 소리 듣기 싫으면 아가리 닥쳐라."

감후성은 기분이 매우 불쾌했지만 더 이상 반박하지 않고 입을 다물었다.

지금은 자신의 감정보다는 일을 진행하는 것이 더 중요하기 때문이다.

공한부는 자신들이 이곳에 도착하기 전에 영웅문과 무극애가 미리 대화를 해서 뭔가 작당을 했을 것이라고 짐작했다. 그래서 무극애가 더 증오스러운 것이다.

때리는 시어머니보다 말리는 시누이가 더 밉다는 말이 그래서 나왔나 보다.

부옥령은 슬쩍 무극애 편을 들어주었다.

"이 사람한테 한 번만 더 모진 말을 하면 네놈의 주둥이를 찢어주겠다. 알았느냐?"

공한부는 움찔했다. 그는 부옥령이 얼마나 무서운지 잘 알고 있기에 그녀가 주둥이를 찢는다면 반드시 찢을 것이라고 믿었다. 그래서 힐끗 감후성을 보고는 공손히 대답했다.

"아… 알았소."

부옥령이 감후성을 노골적으로 두둔하는 것을 보고 공한부를 비롯한 호천궁 사람들은 영웅문과 무극애가 이미 작당을 끝냈다고 굳게 믿었다.

감후성과 무극애 사람들도 그런 것을 똑같이 느끼고 씁쓸한 표정을 지었다.

부옥령은 지나가는 말처럼 물었다.

"마중천과 요천사계는 어떻게 끌어들였느냐?"

공한부는 또다시 움찔했다. 그는 부옥령이 모르는 것이 없다고 생각하다가 자신도 모르게 힐끗 감후성을 쳐다보았다.

그러나 감후성은 파리 잡아먹은 두꺼비 같은 모습을 하고 있는데 그것은 부옥령이 묻는 것에 대해서 전혀 알지 못한다는 얼굴이다.

그럴 수밖에 없는 것이 호천궁이 마중천과 요천사계를 끌어들인 것을 아직 무극애가 알고 있을 턱이 없다.

공한부가 감후성을 힐끗 쳐다보고 나서 다시 부옥령을 쳐다보는 시간은 눈 한 번 깜빡할 짧디짧은 촌각이어서 부옥령이 그걸 갖고 벌을 내리지는 않을 터이다.

그런데 다음 순간 공한부는 옆에 서 있는 청랑이 자신을 향해서 손을 뻗는 것을 발견하고는 기겁하여 울부짖었다.

"끄악! 자, 잘못했습니다! 말씀드리겠습니다! 제발!"

몸을 움직이지 못하는 그는 와들와들 떨면서 눈을 화등잔처럼 크게 떴다.

그는 주먹코와 유생 청년이 분근착골수법에 당하는 광경을 똑똑히 목격했기 때문에 실제로 당하는 것보다 더한 공포심을 느끼고 있다.

부옥령이 가볍게 고개를 끄떡이자 청랑이 손을 거두고 한 걸음 뒤로 물러섰다.

십년감수한 공한부는 후드득 몸을 떨고 나서 떨리는 목소리로 말했다.

"마중천과 요천사계가 우리를 찾아왔습니다……."

"찾아와?"

"네……."

"어디로?"

"저희 호천궁으로……."

"그래, 호천궁이 어디냐는 말이다."

"호천궁은……."

공한부는 말끝을 흐렸다가 눈동자를 왼쪽으로 굴려서 청랑을 쳐다보았다.

슈웃…….

"끄아악!"

청랑의 손가락이 자신을 향해 뻗어오는 것이 보이자 그는 심장을 토해낼 것처럼 처절한 비명을 내질렀다.

청랑은 손으로 공한부의 뒤통수를 가볍게 툭툭 건드리면서 위협을 했다.

"이번이 마지막이다. 잘해라."

"흐으으……."

청랑의 겉모습은 십육 세 정도로 보이기 때문에 새파랗게 어린 그녀가 삼십 대의 공한부를 위협하고 어르는 모습은 우스꽝스러움을 넘어서 소름이 돋을 지경이다.

공포에 질린 공한부는 땀으로 온몸이 축축해졌다.

정신이 뒤숭숭하고 머릿속이 흙탕물처럼 뿌연 상황에서도 공한부는 부옥령이 묻는 '호천궁이 어디냐?'가 본론이 아니라는 사실을 깨달았다.

"대… 대파산(大巴山)입니다."

부옥령은 손가락을 살짝 퉁겼다.

"대파산 어디냐는 말이다."

파아!

그녀의 손가락에서 발출된 무형지기 한 줄기가 공한부의 얼굴로 쏘아갔다.

"흐앗!"

공한부는 부옥령이 손가락을 퉁기는 것을 보고 미약한 파공음을 들었을 뿐이지만 그녀가 자신에게 무슨 짓을 하려는 것을 직감하고 소스라치게 놀랐다.

평소 공한부는 담력이 세고 겁을 모르는 성격이라고 정평이 나 있었지만 지금은 완전히 다른 사람이 된 것 같았다.

이것은 공한부의 탓이 아니다. 어느 누구라도 이런 상황에 놓이게 되면 겁쟁이가 되고 말 터이다.

후호세영 세 명 중에 어느 누구도 공한부의 행동을 비웃지 못하는 이유가 그것이다.

그들 중 누구라도 공한부의 입장이 되면 더하면 더했지 절대 못하지 않을 것이기 때문이다.

따앙!

"으……."

무형지기 한 줄기가 공한부의 미간을 정확하게 가격하면서 맑은 소리를 냈다.

그것은 마치 절에 매달려 있는 범종을 강하게 타격한 것 같은 소리였다.

공한부는 머리 전체가 약하게 울리는 느낌을 받았을 뿐 다른 것은 없었다.

그런데 바로 그때 미간에서부터 시작된 찌르르한 통증이 머릿속 전체로 찰나지간에 거미줄처럼 뻗어 나갔다.

스파아앗!

"……!"

그것은 마치 거미줄이 지나간 수백 가닥의 부위들이 켜켜이 잘라져서 머리를 수백 조각으로 쪼개는 것 같은 느낌이며 고통이었다.

공한부는 너무 고통스러운 나머지 비명을 지르지도 못하고 입만 찢어질 듯이 크게 벌렸다.

그런데 그게 끝이 아니다. 머릿속을 온통 헤집었던 그 끔찍한 고통이 그 직후에는 아래로 쏟아져 내렸다.

"……!"

그런데 그것이 목 부위에서 뚝 멈추었다.

공한부는 핏기 하나 없는 창백한 얼굴로 눈을 찢어질 듯이 크게 뜨고 부옥령을 쳐다보았다.

제발 그만하라는, 용서해 달라는 간절한 표정이 부조(浮彫)처럼 떠올라 있었다.

부옥령은 그를 응시하며 조용한 목소리로 말했다.

"이제부터는 하나하나 잘 생각해서 대답해라. 알았느냐?"

"아… 알았습니다……."

죄 사함을 받은 공한부는 식은 땀을 흘리며 즉각 대답했다.

부옥령은 가볍게 소매를 흔들었다.

팔락…….

그것으로 공한부의 마혈이 풀어졌다.

"……!"

부옥령의 목소리가 더 차분해졌다.

"대파산 어디냐?"

호천궁이 대파산 어디에 있느냐는 물음이다.

공한부는 부옥령의 목소리 여운이 사라지기도 전에 잽싸게 대답했다.

"대파산과 무산(巫山)의 접경인 조운정(鳥雲頂) 서쪽에 있는 세 번째 계곡입니다."

공한부는 더듬지 않고 매끄럽게 단번에 대답했다. 그러고 나서 약간 자랑스럽다는 듯이 부옥령을 쳐다보았다.

그는 자신의 마혈이 풀린 것을 알고 있지만 마치 마혈이 여전히 제압된 것처럼 꼼짝도 하지 않았다.

그렇게 하는 것이 부옥령 눈 밖에 나지 않는 행동이라고 생각했기 때문이다.

부옥령은 고개를 끄떡였다.

"잘했다."

"고… 맙습니다."

부옥령이 칭찬을 하자 공한부는 고개를 굽실 숙이면서 저자세로 말했다.

"그러니까 마중천과 요천사계가 거기로 너희를 찾아왔었다는 말이지?"

"그게……."

공한부는 갑자기 멈칫하며 말끝을 흐렸다. 그러면서 순간 갈등했다. 그가 갈등하고 있다는 것이 얼굴에 고스란히 나타났다.

부옥령이 힐끗 쳐다보니까 뒤쪽에 나란히 앉아 있는 후호세영 주먹코와 유생 청년의 얼굴 역시 복잡하게 변했다.

그래서 부옥령은 필경 그 일에 무슨 복잡한 관계가 얽혀 있을 것이라고 직감했다.

일단 마중천과 요천사계가 호천궁에 찾아온 것은 아닌 것 같았다. 아니, 찾아왔더라도 제 발로 온 것은 아닌 듯했다.

그러나 부옥령은 공한부를 다그치는 대신에 묵묵히 기다려주었다.

이럴 때는 다그치는 것보다 침묵으로 기다리는 것이 상대를 더욱 압박한다는 사실을 그녀는 잘 알고 있다.

공한부는 부옥령의 얼굴을 쳐다보았다.

부옥령은 담담한 가운데 한 줄기 온화한 미소를 머금었다.

사기다. 그녀가 공한부 같은 위인에게 온화한 미소를 지어줄 리가 없다.

그렇지만 지금은 그러는 것이 적절하다. 그러면 공한부는 그녀의 자비에 몸과 마음을 의탁할 것이다.

세상에는 목숨보다 더 소중한 것이 몇 가지 있기는 하지만 현실적으로 그것을 제 목숨을 걸고 지키는 사람은 극소수에 불과하다.

공한부에겐 자신이 목숨까지 걸고서라도 지켜야 할 그 무엇이 존재하지 않았다.

공한부의 갈등은 매우 짧았고 결단은 더 짧았다.

"검황천문이 찾아왔었습니다."

"계속해라."

검황천문이 호천궁에 찾아왔다는 사실은 엄청난 일이지만 부옥령은 공한부의 말을 자르지 않았다.

진천룡은 이 대목이 몹시 궁금하지만 짐짓 관심 없는 것처럼 딴청을 피웠다.

이런 모든 상황들이 공한부로 하여금 자신이 그다지 큰 비밀을 말하는 것이 아니라는 안도감을 주었다.

"검황천문 인물이 두 인물을 데리고 왔는데 그들은 마중천과 요천사계 사람들이었습니다."

"흠, 그래?"

부옥령은 다 알고 있는데 한 번 더 듣고 싶은 것뿐이라는 표정을 지으며 고개를 끄떡였다.

공한부는 차분하게 말을 이었다.

"검황천문에서 온 인물은 네 명이며 태문주의 부인과 태공자, 그리고 차남입니다."

그는 부옥령이 별다른 반응이 없자 계속 말했다.

"검황천문 사람들이 데리고 온 마중천 인물은 총마령(總魔令)이라고 하며 마중천의 삼인자라고 했습니다. 그리고 요천사계에서는 요마대랑(妖魔大瑯)이 왔습니다."

"요마대랑은 사대요후 중 한 명이냐?"

"그런 것 같았습니다."

사대요후는 전 요천여황이 낳은 네 명의 친딸들이며 요천사계의 실권자들이다.

그녀들 중에 셋째 딸인 삼요후가 자염빙의 뒤를 이어서 요천여황의 자리에 올랐다고 했다.

검황천문이 마중천의 총마령과 요천사계의 요마대랑을 데리고 호천궁에 왔다는 것은 검황천문이 이미 마중천, 요천사계와 잘 통하고 있다는 뜻이다.

요천사계 내에서 요마대랑이 어떤 지위인지는 나중에 알아 보면 될 터이다.

공한부가 실토의 물꼬를 튼 것 같아서 부옥령은 가만히 그 의 다음 말을 기다렸다.

"검황천문 태공자가 본궁에 제안하기를, 자신들과 마중천, 요 천사계, 그리고 무극애가 도울 테니까 영웅문을 합공하자는 것이었습니다."

감후성은 그 말에 대해서 할 말이 있지만 지금은 공한부의 말이 끝나기를 기다리기로 했다.

진천룡은 공한부의 말을 들으면서 한 가지 중요한 사실을 깨달았다.

세상의 모든 일에는 다 이유와 원인이 있다는 사실이다.

인간사도 그렇고 삼라만상 대자연이 운행하는 이치 또한 다 이유와 원인이 있다.

호천궁과 무극애가 대규모 고수들을 동원하여 영웅문을 공 격하려고 한 것에도 당연히 이유와 원인이 있었다.

"태공자가 저희 궁주님과 단둘이 독대하여 은밀히 말하기를, 영웅문을 괴멸시킨 이후에 무극애를 섬멸하는 것이 어떠냐고 제안했습니다."

"어헛?"

"아니! 그럴 리가……."

그러자 감후성을 비롯한 무극애 사람들의 표정이 크게 바뀌며 탄성을 터뜨렸다.

감후성은 입을 열어 공한부에게 무언가를 물으려다가 이번에도 참았다.

진천룡과 부옥령은 일이 재미있게 되어 간다는 생각이지만 얼굴 표정은 그저 담담했다.

"궁주님께서는 생각할 시간을 달라고 했으며 태공자는 영웅문을 괴멸시킬 때까지 대답을 달라고 말했습니다."

부옥령은 공한부가 하는 말에는 전혀 관심이 없는 듯한 얼굴로 조용히 물었다.

"어느 무극애를 섬멸한다는 말이냐?"

"네? 그게 무슨……."

공한부는 부옥령의 말을 알아들었으나 이해하지 못한 척 의아한 표정을 지었다.

그것은 그가 의도적으로 그런 것이 아니라 몸에 배어 있는 습관이었다.

호천궁의 부군사라면 두뇌를 많이 쓰는 지위다. 그러므로 말하는 것이나 듣는 것, 행동 따위가 하나같이 체에 거르듯이 텀을 두는 습관이 배었다.

하지만 그런 습관 때문에 자신이 어떤 일을 당할지는 미처 예상하지 못했다.

부옥령은 입가에 차가운 조소를 매달았다.

"네가 나를 시험하는구나."

"아앗!"

그제야 공한부는 자신의 몸에 밴 습관 때문에 실수를 했다는 사실을 깨닫고 비명을 내질렀다.

그리고 다음 순간 부옥령의 손가락이 자신을 가리키고 있는 것을 보고는 심장이 철렁 내려앉았다.

"……!"

투우…….

조금 전 같은 어떤 느낌이 공한부의 미간에서부터 시작되는가 싶더니 순식간에 머릿속 전체로 잔물결처럼 퍼져 나갔다.

부옥령은 청랑에게 물러나라는 눈짓을 보냈다.

번거롭게 분근착골수법을 펼치지 않고 지풍 하나로 그보다 몇 배 고통스러우면서도 짧은 시간에 끝나는 수법을 선택했다.

부옥령이 조금 전에 생각해 낸 수법이므로 이름은 없다. 그녀는 공한부의 얼굴이 샛노랗게 변하는 것을 보면서 이 수법의 이름을 황안단맥수법(黃顔斷脈手法)이라고 짓는 게 좋겠다는 생각을 했다.

공한부가 자신의 실수를 깨닫고 잘못했다고 말하려는 순간에 징벌이 가해졌다.

부옥령은 황안단맥수법이 공한부의 머릿속에 거미줄처럼 퍼지는 순간 그의 아혈을 제압하려다가 그만두었다.

비명이 실내에 가득 퍼져 나가면 호천궁은 물론이고 무극애 사람들에게도 두려움을 심어줄 것이기 때문이다. 물론 영웅문에 대한 두려움이다.

"끄아아아―!"

공한부는 뒤로 벌러덩 자빠지더니 바닥에 누운 자세에서 입이 찢어질 정도로 크게 벌리며 처절한 비명을 질렀다.

아까는 고통이 머릿속에서 그쳤지만 지금은 그것이 목 아래 상체로 내려온 것이다.

황안단맥수법은 단맥이라는 말 그대로 체내의 혈맥을 일시간 끊어버리는 것이다.

팔다리가 잘라지는 고통에 버금가는 고통이 체내 수백 군데에서 한꺼번에 일어난다고 생각해 보라. 그것은 분근착골보다 더하면 더했지 못하지는 않을 것이다.

"끄으으……."

애끓는 비명을 터뜨리던 공한부는 고통이 극에 달하니까 비명을 터뜨릴 수도 없는지 몸을 뻣뻣하게 쭉 편 채 부들부들 떨면서 발작을 일으켰다.

그 광경을 보고 호천궁의 주먹코와 준수한 미남 청년만 공포에 질린 표정을 짓는 것이 아니라 무극애 사람들도 심장이 오그라드는 두려움을 느꼈다.

더 무서운 것은 부옥령이 입가에 잔잔한 미소를 지으면서 공한부를 굽어보고 있다는 사실이다.

사람이라면 어느 누구라도 공한부의 지금 모습을 보면 어떤 감정의 변화를 일으킬 텐데, 부옥령은 흡족한 미소를 짓고 있으니 사람들은 그녀를 염라대왕의 현신이라고 믿었다.

공한부의 눈에서 눈동자가 사라졌으며, 오줌을 싸는 바람에 하체와 바닥이 흠뻑 젖었고, 입에서는 피가 섞인 게거품이 꾸역꾸역 흘러나왔다.

분근착골수법은 멈출 때까지 지속하지만 황안단맥수법은 불과 열 호흡이면 끝난다.

그사이에 지옥을 두루 경험하고 돌아오는 것이니 짧으면서도 더없이 효과적이다.

"후우우……."

공한부는 축 늘어졌다가 길게 한숨을 토해내더니 부스스 일어나 앉았다.

그는 다리를 쭉 편 채 퍼질러 앉아서 자신의 아랫도리와 바닥이 온통 젖어 있는 것을 보고는 참담한 표정을 지었다.

"허허허……."

그는 정신 나간 사람처럼 웃더니 작은 소리로 중얼거렸다.

"이렇게 살 바에야……."

슈웃!

다음 순간 그의 오른손이 번개같이 자신의 머리 정수리를 맹렬하게 찍어갔다.

정수리 백회혈 천령개를 때리면 무림인이라고 해도 백이면

백 다 즉사하고 만다.

공한부는 지금처럼 비참하게 목숨을 연명할 바에야 죽음을 선택한 것이다.

뚝…….

그러나 그의 주먹은 천령개를 한 뼘 남겨놓은 곳에서 우뚝 멈추고 말았다.

부옥령과 진천룡은 손을 내리고 있어서 얼핏 보면 그들이 손을 쓰지 않은 것 같았다.

그러나 아무도 손을 쓰지 않았으므로 손을 쓸 사람은 부옥령과 진천룡뿐이라고 중인들은 생각했다.

부옥령이 조용히 중얼거렸다.

"한 시진 후에도 죽기를 원한다면 네 뜻대로 해라."

"…….'

"너 몇 살이냐?"

부옥령이 뜬금없이 불쑥 묻자 공한부는 멍한 얼굴로 있다가 대답했다.

"삼십사 세입니다."

부옥령은 고개를 끄떡였다.

"한순간의 수치를 참지 못해서 자결을 하려고 들다니, 너도 참 어리석은 놈이로구나."

공한부는 세 호흡 전에 있었던 일 즉, 자신의 천령개를 때려서 죽으려 했던 일을 벌써 후회하고 있었다.

그는 원래 영리하고 현명한 사람이라서 부옥령의 말을 듣는
즉시 자신의 어리석음을 깨달았던 것이다.

그는 천천히 일어섰다. 그러자 하체 중요 부위에 고여 있던
오줌이 후드득 바닥으로 떨어졌다.

조금 전 같았으면 치욕스러워서 죽고 싶은 심정이었겠지만
지금은 달랐다.

그는 외려 초연한 표정으로 바닥에 쓰러져 있는 의자를 일
으켜 세우고 거기에 앉았다.

중인들은 그의 짧은 행동에서 뭔가 심상치 않음을 감지하고
예의 주시 했다.

공한부는 잔잔한 표정으로 부옥령을 응시하며 말했다.

"이렇게 하는 것이 어떻겠소?"

조금 전까지만 해도 공손함의 극치였던 언행이 지금은 아주
당당하게 변했다.

부옥령은 조금 전 자신의 말이 공한부를 일깨웠을 뿐만 아
니라 생사를 초월하게 만들었음을 알게 되었다.

"말해라."

"거래를 합시다."

부옥령은 살짝 어이없는 표정을 지으며 코웃음을 쳤다.

"거래라고 했느냐?"

"그렇소."

부옥령은 고개를 끄떡였다.

"말해라."

그녀는 어쩌면 이러는 쪽이 더 수월하고 또 고급 정보를 얻어낼 수 있을 것이라고 짐작했다.

공한부의 얼굴에 떠올라 있는 당당함에 이제는 의연함까지 덧씌워졌다.

"당신이 묻는 대로 다 솔직히 대답할 테니까 당신도 내 요구를 들어주시오."

"무슨 요구냐?"

"우선 소궁주를 치료해 주시오."

부옥령은 주먹코와 준수 청년 앞에 쓰러져 있는 종초홍을 쳐다보았다.

부옥령은 종초홍의 내상이 매우 심각해서 목숨이 경각에 달려 있다는 사실을 감지했다.

그렇더라도 진천룡이 손만 대면 뚝딱하고 소생할 것이다.

그러나 부옥령은 아미를 찡그리며 말했다.

"저 아이는 이미 죽지 않았느냐?"

공한부는 단호한 표정을 지었다.

"소궁주가 죽었다면 거래도 없소."

"네가 그걸 논할 처지냐?"

"논할 처지가 아니면 무엇이오?"

"네놈들은 궁지에 몰려 있는 쥐새끼들이라서 무엇을 요구할 처지가 아니라는 말이다."

공한부의 입가에 미소가 매달렸다.

"우리가 궁지에 몰린 쥐새끼들이라는 것은 인정하지만, 그렇다고 우리들 목숨까지 당신 소유는 아니오."

"건방진 놈."

"마음에 들지 않으면 분근착골수법을 전개하든지 당신 마음대로 하시오."

"뭐라?"

부옥령이 슬쩍 인상을 쓰자 공한부는 아예 한술 더 떴다.

"분근착골수법이 세상에 존재하는 고통 중에서 최고라는 사실을 인정하겠소. 설사 그렇다고 해도 이제는 더 이상 굴복하기 싫소."

"아하하하핫!"

그런데 갑자기 진천룡과 부옥령이 동시에 파안대소 웃음을 터뜨렸다.

공한부는 어리둥절한 표정으로 두 사람을 쳐다보았다.

부옥령은 진천룡을 보며 생긋 미소 지었다.

"어때요?"

진천룡은 엷은 미소를 지으며 고개를 끄떡였다.

"제법 사내답지 않느냐?"

그는 일어나서 성큼성큼 종초홍에게 걸어가더니 그녀를 안아 들었다.

공한부는 그를 돌아보며 외쳤다.

"뭘 하려는 것이오?"

"치료하라고 하지 않았느냐?"

공한부는 미심쩍은 표정으로 물었다.

"문주가 의술을 아시오?"

진천룡은 고개를 가로저었다.

"난 의술 같은 거 모른다."

"그런 말도 안 되는……."

부옥령이 차분한 목소리로 끼어들었다.

"홍아는 현재 숨만 간신히 붙어 있다. 그 상태에서는 일 각을 넘기지 못할 것이다."

공한부는 물론 주먹코와 준수 청년 모두 초조한 표정을 지으며 종초홍을 쳐다보았다.

부옥령은 공한부에게 넌지시 말했다.

"주군께서는 신의 손(手)을 가지셨다. 주군께서 만지시면 저승 문턱을 넘지 않는 한 어느 누구라도 살릴 수 있다."

반신반의하는 표정을 짓는 공한부 귀에 부옥령의 다음 말이 이어졌다.

"홍아의 생사를 쥐고 있는 것은 너의 결정이다. 마음대로 해라. 홍아를 살리든지 죽이든지."

부옥령은 종초홍을 아이 대하듯이 '홍아'라고 불렀다.

공한부로서는 선택의 여지가 없다. 그는 벌떡 일어서더니 진천룡에게 포권을 하며 고개를 숙이고 정중히 부탁했다.

"부탁하오. 부디 소궁주를 살려주시오."

진천룡은 종초홍을 안고 문으로 걸어가면서 공한부를 보며 살짝 이맛살을 찌푸렸다.

"자네 바지 좀 갈아입게. 지린내가 진동하는군."

"으헛!"

공한부는 자신도 모르게 급히 두 손으로 자신의 아랫도리를 가렸다.

지금까지 일껏 당당한 모습을 보이려고 애썼는데 진천룡의 한 방에 무너져 버렸다.

녹수원 하녀의 안내를 받아 근처의 침상이 있는 방으로 안내된 진천룡은 그곳에서 종초홍을 치료했다.

전에도 몇 번 기술했지만, 종초홍처럼 극심한 내상을 입었을 경우에는 단지 손목을 잡고 순정기를 주입하는 것만으로는 치료가 되지 않는다.

그렇게 하면 목숨을 건질 수는 있을지언정 폐인이 되어 죽을 때까지 자리보전하고 누워 있어야만 할 것이다.

第百八十六章

혈풍의 서막

　진천룡은 지금까지 많은 사람 그중에서도 여자들을 치료했었기에 이제는 무덤덤할 때도 됐지만 실제는 그렇지 않았다.

　사람은 하루에 세 끼씩 꼬박꼬박 거르지 않고 식사를 하지만 끼니때마다 지겹다고 생각하지 않고 즐거운 마음으로 맛있게 먹는다.

　또한 매일 새로운 아침을 맞이하지만 그것을 귀찮게 여기지 않고 오히려 기쁜 마음으로 반긴다.

　그런 점에서 진천룡이 여러 여자들을 치료하는 행위는 결코 지겨운 일이 아니다.

　더구나 치료할 때마다 여자가 바뀌는 터라서 지겹기는커녕 솔직하게 말하자면 은근히 신바람 나는 일이기도 하다.

진천룡이 제아무리 의협심과 정의감이 강하다고 해도 명색이 남자임에는 분명한 사실이다.

하나같이 눈이 번쩍 뜨일 만큼의 미녀들을 내상을 치료한다는 명목으로 만지고 있으니 그가 부처님 가운데 토막이 아닌 이상 음심이 들지 않으면 그게 외려 더 이상한 일이다.

종초홍은 자신의 몸속으로 따스하면서도 상쾌한 기운이 시냇물처럼 흘러드는 것을 느끼면서 혼절에서 깨어났다.

'아아… 이런 느낌이라니……'

그녀는 이렇게 좋은 기분을 난생처음 느끼는 것이라서 혼곤한 기분 속에서 눈을 뜨지 않고 가만히 있었다.

무엇인가 그녀의 몸을 여기저기 어루만지는데 그때마다 그 무엇인가를 통해서 뭐라고 형언하기 어려울 정도의 좋은 기운이 콸콸 쏟아져 들어왔다.

그래서 그것이 그녀의 체내를 거침없이 휘돌아다니면서 나쁜 기운들을 닥치는 대로 밖으로 방출시키는 것 같았다.

갑자기 눈을 뜨거나 몸을 조금이라도 움직이면 그 순간 기분 좋은 기운의 주입이 멈출 것 같아서 그녀는 그대로 가만히 있었다.

'아아… 너무 좋아……'

종초홍은 너무 상쾌하고 또 황홀해서 눈물이 쏟아질 것만 같았다.

그런데 그때 이상한 소리가 들렸다.

"으음……."

남자의 굵직하고 나직한 신음 소리다.

종초홍은 깜짝 놀라서 눈을 반짝 떴다.

"……!"

그녀의 시야에 어떤 준수한 청년의 얼굴이 가득 들어왔다.

'저 사람은……?'

그리고 그녀는 다음 순간 그가 바로 영웅문주라는 사실을
알아보았다.

'그가 어째서…….'

그녀의 눈이 자신의 몸으로 향하다가 소스라치게 놀랐다.

"……."

진천룡의 두 손이 그녀의 복부를 어루만지고 있지 않은가.

그 순간 그녀는 날카로운 비명을 지르면서 튕겨 일어나려고
했다.

하지만 진천룡이 어루만지는 부위를 통해서 바로 그 상쾌한
기운이 주입되고 있다는 사실을 깨달았다.

'이 사람이…….'

그와 동시에 그녀는 자신이 중상을 입은 채 죽어가고 있었
다는 사실을 기억해 냈다.

그런데 지금은 온몸이 낙엽 한 장보다 더 가볍고 풀잎 사이

를 흐르는 미풍보다도 상쾌하지 않은가.

생각이 거기에 이른 종초홍은 비로소 진천룡이 자신을 치료하고 있는 중이라는 사실을 깨달았다.

그래서 진천룡이 방금 내뱉은 신음 소리는 치료하는 일이 너무 힘들어서 무심결에 나온 것이라고 생각했다.

"……!"

종초홍은 분명히 다 죽어가고 있었다. 무공이 절정의 경지에 이른 그녀가 자신이 얼마나 다쳤으며 장차 어떻게 될지를 모른다는 것은 말이 되지 않는다.

아까 그녀는 고통이 극에 달한 상황에서도 내공으로 자신의 내상을 어떻게든지 치료해 보려고 애를 쓰다가 끝내 포기하고 말았었다.

내공이 한 움큼도 모아지지 않았으며, 설혹 내공을 원활하게 모은다고 해도 치료를 할 수 있을 정도로 가벼운 내상이 아니었던 것이다.

그때 그녀는 자신이 길어야 한 시진을 넘기지 못하고 죽을 것이라고 참담한 심정으로 예상했었다.

그러고는 점차 의식이 흐릿해져 가면서 그녀는 또 얼마나 절망했었는가.

그래서 그녀의 마지막 기억은 절망이었다. 사랑하는 가족과 밝고 청명한 하늘을 두 번 다시 볼 수 없을 것이라는 죽음에 대한 절망 말이다.

그런데 그녀가 다시 정신을 차리고 제일 먼저 느낀 것은 태어나서 처음 맛보는 상쾌함과 황홀함이었다.

그녀는 비단 죽지 않았을뿐더러 지금 당장 산악이라도 부술 수 있을 듯이 기운이 철철 넘쳤다.

"음……."

또다시 진천룡의 진득한 신음이 들렸다.

'아… 얼마나 힘들었으면…….'

다 죽어가던, 아니, 죽을 수밖에 없었던 위중한 상태인 종초홍을 치료해서 살린 사람이 바로 진천룡이다.

그가 두 손으로 열심히 그녀를 치료하면서 신묘막측한 기운을 주입함으로써 그녀는 저승을 절반 이상 넘어갔다가 다시 이승으로 돌아온 것이다.

종초홍이 다시 쳐다보자 진천룡의 얼굴은 온통 땀투성이에 벌겋게 상기되어 코에서 뜨거운 숨결을 씨근거리면서 토해내고 있었다.

'아아…….'

종초홍의 커다란 두 눈에서 뜨거운 감격의 눈물이 철철 흘러나왔다.

이제 그녀의 눈에 진천룡은 더 이상 적장이 아니다. 죽을 뻔한 그녀의 목숨을 이토록 전력으로 치료하여 구해준 인생 최고의 은인이다.

스윽…….

그때 진천룡의 두 손이 양쪽 옆구리를 아래위로 쓰다듬자 더없이 부드럽고 음유한 순정기가 도도히 흘러 들어갔다.

'아아…….'

종초홍은 온몸이 녹아버리는 것 같은 상쾌함과 황홀함을 동시에 맛보며 눈을 감고 몸을 바르르 떨었다.

그녀의 나이 십구 년이 되도록 어머니와 몸종 외에는 어느 누구도 만지지 않았던 순결한 옥체를 진천룡이 만지고 있지만 지금 그런 것은 조금도 중요하지 않았다.

진천룡은 어디까지나 그녀를 치료하기 위해서 그러는 것이기 때문이다.

진천룡은 마지막으로 종초홍의 온몸을 골고루 매만지면서 순정기를 주입했다.

그런데 종초홍은 극도의 쾌감을 느끼면서 자신도 모르게 탄성을 터뜨리고 말았다.

"아아……!"

진천룡은 동작을 멈추고 종초홍을 굽어보았다.

그의 땀투성이 얼굴에서는 굵은 땀방울이 비 오듯이 흘러 그녀의 몸으로 뚝뚝 떨어졌다.

눈길이 마주치자 종초홍은 아련하면서도 그윽한 눈빛으로 입을 반쯤 벌린 채 무슨 말을 해야 할지 망설였다.

그녀를 굽어보던 진천룡은 문득 그녀를 내 편으로 만들어야 겠다는 생각이 들었다.

호천궁의 소궁주를 끌어들이기만 한다면 적의 세력 하나를 없앨 수 있는 것이다.

호천궁을 장악하는 것은 언감생심 원하지 않는다. 그저 적 대하지만 않으면 된다.

진천룡은 두 손으로 종초홍의 양쪽 어깨 옆을 짚고 상체를 깊이 숙였다.

슥—

"홍아."

"……!"

그녀의 얼굴과 한 뼘 거리까지 고개를 숙인 그는 뜨거운 입김을 그녀의 얼굴에 뿜어냈다.

"홍아."

만약 이 부름에 종초홍이 대답한다면 진천룡의 의도가 절반은 먹혔다고 봐도 무방하다.

눈이 부신지 종초홍은 사르르 눈을 내리깔았다.

"네……."

그리고 종초홍은 대답을 했다. 하지만 진천룡은 여기에서 만족하지 않았다. 누가 가르쳐 준 적이 없지만 본능적으로 여기에서 멈추면 안 된다고 느꼈다.

"홍아, 나를 봐라."

종초홍의 긴 속눈썹이 바르르 떨리더니 눈이 살포시 커지면서 그를 바라보았다.

진천룡은 그녀를 굽어보며 다정한 미소를 지었다.

"어디 아픈 곳이 없느냐?"

그는 지금 자신이 미남계를 쓰고 있다는 사실을 인지했으나 이 상황을 그만두고 싶지는 않았다.

이대로 조금만 더 밀어붙이면 종초홍을 함락시킬 수 있다고 자신하기 때문이다.

사실 그는 종초홍을 치료하는 과정이 매우 힘들었다. 치료가 힘든 게 아니라 미친 듯이 들끓는 욕정을 억누르는 것이 죽을 맛이었다.

뜨거운 피가 펄펄 넘치는 그가 십구 세 절색 미소녀를 치료하면서 이상한 생각이 들지 않는다면 그건 건강한 젊은 사내가 아니다.

종초홍은 마른침을 삼키고는 눈을 크게 뜨고 진천룡을 바라보았다.

"네… 없는 것 같아요."

"음… 치료가 잘돼서 다행이다."

"고… 마워요."

진천룡은 자신을 바라보는 종초홍의 눈빛이 부옥령의 뜨거운 눈빛과 꼭 닮았다는 것을 한눈에 알아보았다.

그렇다면 종초홍은 진천룡을 사랑하고 있거나 사랑하기 시작한 것이 분명하다.

진천룡은 얼굴을 조금 더 가까이 반 뼘 거리로 다가갔다.

"그래서 말인데?"

"네……."

종초홍은 잔뜩 겁먹은 듯하면서도 뭔가를 기대하는 듯한 목마른 표정으로 대답했다.

그녀가 말을 하니까 입에서 달콤한 젖내 같은 것이 몰칵 끼쳐왔다.

"너 공력이 얼마냐?"

"네……?"

종초홍은 그가 어째서 공력에 대해서 묻는지 모르지만 잠시 생각하다가 대답했다.

"이백오십 년 정도예요."

"그렇다면 홍아, 너 나하고 거래하자."

종초홍은 눈을 깜빡거렸다.

"무… 슨 거래인데요?"

진천룡은 어떤 식으로 말을 할까 단어를 고르다가 그냥 단도직입적으로 말했다.

"네 공력을 두 배로 높여줄 테니까 내 사람이 돼라."

그 말에 종초홍은 조금 더 눈을 크게 뜨고 진천룡을 말끄러미 응시하다가 이윽고 눈을 내리깔며 조그맣게 대답했다.

"거래하지 않겠어요."

"음?"

진천룡은 흠칫했다. 흘러가는 분위기상으로 봤을 때 종초홍

은 십중팔구 넘어오기로 돼 있었기 때문이다. 그런데 거래를
하지 않겠다는 것이다.

진천룡의 얼굴이 굳어졌다.

"내 말 못 들었느냐?"

종초홍은 다시 눈을 뜨고 배시시 웃으면서 그를 바라보는데
양 뺨의 보조개가 깊이 파여서 한층 매혹적이다.

"들었어요. 소녀의 공력을 두 배로 높여주시겠다고요."

"그런데도 거래를 하지 않겠다는 것이냐?"

종초홍의 눈이 총명하게 반짝거렸다.

"거래의 목적이 무엇인가요?"

"못 들었느냐? 내 사람이 되라는 것이다."

진천룡의 목소리는 조금 기운이 빠졌다. 말 한마디면 넘어
올 것이라고 여겼던 종초홍의 배신 때문이다.

종초홍은 빨아들일 것처럼 뜨겁게 그러나 맑은 눈망울로 진
천룡을 응시하면서 한 자 한 자 또박또박 말했다.

"소녀는 이미 당신 여자예요."

"......!"

"소녀를 보세요."

진천룡은 무슨 영문인지 이해하지 못하고 그녀의 얼굴을 뚫
어지게 주시했다.

그러자 종초홍은 얼굴을 살짝 붉히면서 눈을 내리깔았다.

"소녀의 얼굴 말고 소녀의 지금 상태를 보세요."

진천룡은 두 팔을 바닥에서 떼고 상체를 스르르 일으킨 후에 종초홍을 내려다보며 시큰둥하게 말했다.

"보고 있는데 네 상태가 어떻다는 것이냐?"

"당신이 소녀를 치료하셨잖아요……."

"어……?"

"아닌가요?"

"그… 렇지, 아마?"

진천룡은 자신이 조금 바보 같다는 생각이 들었으나 뭘 어떻게 해야 할지 알지 못했다.

"이런 상태에서 소녀가 무엇을 할 수 있겠어요……?"

"무엇을 하다니……."

종초홍은 두 눈 가득 눈물이 그렁그렁 고여서 말귀를 알아듣지 못하는 진천룡을 조금 원망하듯이 바라보았다.

"소녀는 이미 당신 여자라고요… 이렇게 해놓고서 딴청 부리시다니… 미워요… 흑……!"

진천룡은 갑자기 머릿속이 환해지는 것을 느꼈다.

'아… 그 뜻이었어?'

"네… 그런데 당신은 그것도 모르고… 읍!"

종초홍은 말하다가 놀라서 눈을 동그랗게 떴다.

진천룡은 종알종알 말하는 종초홍이 너무 예뻐서 뺨에 살짝 뽀뽀를 했다.

                    *   *   *

　　종초홍을 치료하는 데 반시진, 임독양맥의 소통과 벌모세수,
환골탈태를 시켜주는 데 반시진, 도합 한 시진이 지나서야 모
든 것이 끝났다.

　　벌모세수와 환골탈태 과정에서 종초홍의 온몸에서 시커멓
고 끈적거리는 액체가 모공을 통해서 배출되어 그녀의 몸만이
아니라 침상까지 온통 더럽혀진 상태다.

　　진천룡은 청랑이나 은조를 불러서 종초홍의 몸을 닦게 하
려고 했는데 종초홍이 완강하게 반대를 했다.

　　진천룡 이외의 사람에게는 자신의 몸을 절대로 보일 수 없
다는 것이었다.

　　그래서 진천룡이 하녀에게 더운물을 가져오라고 시킨 후에
자신이 직접 종초홍의 몸을 닦아주느라 시간이 늦었다.

　　"옷 입어라. 가자."

　　종초홍은 부끄러운 듯이 침상에서 내려왔지만 몸을 가리지
는 않았다.

　　살을 맞대고 같이 오래 산 부부라고 해도 남편 앞에서 나신
을 보이는 일을 부끄러워하는데 그에 비하면 종초홍은 대범한
편인 것 같았다.

　　진천룡은 늘씬한 종초홍의 육체를 눈을 반개하고 감상하듯
이 음미했다.

종초홍은 와락 부끄러움을 느끼고 예쁜 탄성을 터뜨렸다.

"뭐예요? 왜 보는 거죠?"

진천룡은 적이 감탄하듯 고개를 끄떡였다.

"역시 벌모세수와 환골탈태를 한 몸이라서 훨씬 더 아름다워졌구나."

종초홍은 기쁜 표정을 지었으나 곧 그를 곱게 흘겼다.

"소녀의 몸은 원래 예뻤거든요?"

"허허……! 그렇긴 하더구나."

종초홍은 옷을 집어 들었다.

"당신이 소녀의 옷을 벗겼나요?"

"그래."

종초홍은 옷을 입으면서 유난히 흑백이 또렷한 눈으로 그를 보며 또 물었다.

"그런데 당신 주변의 여자들은 당신과 어떤 관계인가요?"

"그건 왜 묻느냐?"

종초홍의 상의 앞섶을 여미고 새빨간 입술을 종알거리며 말했다.

"그녀들과 당신의 관계를 알아야지만 소녀의 위치를 정할 수 있지 않겠어요?"

진천룡은 빙그레 미소 지었다.

"그녀들은 내 여종이다."

그는 자신이 이렇게 말해도 호천궁 소궁주인 종초홍이 여종을 자처하지는 않을 것이라고 생각했다.

종초홍은 크게 놀라는 표정을 지으며 옆방을 가리켰다.

"모두 말인가요?"

"그래."

"그녀도 말인가요?"

"누구 말이냐?"

"소녀를 다치게 한 여자 말이에요."

"아… 령아는 좌호법이다."

종초홍은 눈을 가늘게 떴다.

"문주가 좌호법의 이름을 막 부르나요?"

"어… 그건……."

종초홍은 배시시 미소 지었다.

"소녀가 모르는 게 있는 거죠?"

"뭐… 그런 게 있겠냐?"

"말씀해 보세요."

종초홍은 자신의 예감을 확신했다. 진천룡과 부옥령 사이에 뭔가 있는 것이 분명했다.

진천룡은 세상 모든 사람들에게는 딱 부러지는 성격이지만 여자, 그것도 예쁜 여자에게는 그러지 못한다.

마음이 여려서 그렇다고 하기엔 웃기는 얘기다. 솔직히 호색(好色)이라서 그러는 것이다.

"이건 비밀이다."

종초홍은 매혹적인 미소를 지으며 진천룡을 안심시켰다.

"알았어요."

"령아도 내 여종이다."

종초홍은 눈을 동그랗게 뜨며 놀랐다.

"그래요?"

그녀가 두 손을 가슴에 모으고 눈을 깜빡거리는 모습이 너무도 귀여웠다.

종초홍이 진천룡 팔에 매달렸다.

"그럼 소녀도 당신의 여종을 시켜주세요."

"뭐? 말도 안 된다."

"어째서 안 되죠? 소녀가 당신의 최측근이 되는 것이 싫으신가요?"

진천룡은 조금 전까지만 해도 종초홍을 자기 편으로 만들려고 애썼다. 그러므로 그녀의 말은 얼토당토않은 억지다.

"나는 널 내 측근으로 두고 싶다."

진천룡이 진심으로 말하자 종초홍은 그에게 바싹 다가서며 더 진심으로 말했다.

"그럼 소녀를 여종으로 거두어주세요."

"그건……."

진천룡은 어째서 여자들이 죄다 여종이 되겠다고 떼를 쓰는 것인지 이유를 알 수가 없었다.

사실은 이렇다. 영웅문의 어떤 지위에 임명된다면 문주하고는 사무적인 관계일 뿐이고 이성적인 관계로는 발전하기가 어렵다는 것이 대부분의 생각이다.

반면에 주인과 여종 즉, 주종의 관계는 아무런 거리낌이 없으며 하루 종일 붙어 있어도 되는 데다 남의 눈치를 보지 않아도 된다.

여자들이라면 그리고 진천룡을 진심으로 사랑하고 싶은 여자라면 다 알고 있는 사실을 그만 모르고 있다.

종초홍은 그의 넓은 가슴에 안겨서 두 팔로 허리를 꼭 끌어안고 그의 가슴에 뜨거운 입김을 토해냈다.

"여종 할래요……."

종초홍이 믿지 않은 떼를 쓰고 있을 때 갑자기 밖에서 어수선한 소리가 들렸다.

쐐애액! 쎄애액!

퍼퍼퍽!

"으악!"

"끄악!"

도검이 허공을 가르는 파공음과 장력이 적중되는 둔탁한 음향, 그리고 비명성이다.

진천룡이 흠칫해서 밖으로 나가려는데 종초홍이 안겨서 떨어지지 않았다.

그는 종초홍의 머리를 쓰다듬으며 짐짓 꾸짖듯이 말했다.

"여종이 주인님의 행차를 막아서야 되겠느냐?"

종초홍은 환하게 웃으며 그의 품에서 벗어났다.

"네! 주인님!"

싸움은 녹수원의 넓은 정원에서 벌어지고 있었다.

진천룡의 측근들이 포위당한 상태에서 정체불명의 적 백여 명과 치열한 격전을 벌이고 있는 중이다.

진천룡이 침실에서 종초홍을 치료하고 임독양맥을 소통하고 있는 사이에 침입자가 있어서 그에 대적하고 있는 것이다.

부옥령과 청랑, 은조, 훈용강, 취봉삼비, 옥소, 그리고 열 명의 영웅호위대들은 백여 명의 침입자들을 상대하면서도 시종 여유 있게 싸우고 있다.

침입자 백여 명의 복장은 각양각색이며 하나같이 일류고수 이상의 실력자들이다.

그러나 일류고수 이상의 실력으로는 영웅문 최정예의 상대가 되지 못한다.

스으으……

진천룡과 종초홍은 장원 이 층 창을 통해서 밖으로 나왔다가 허공에 뜬 상태에서 그 광경을 굽어보게 되었다.

종초홍은 아래를 보다가 안색이 급변하여 진천룡에게 빠르게 말했다.

"호천고수들이에요."

"전부 말이냐?"

"아니에요. 앞쪽에 연녹색 경장을 입은 사람 십여 명이에요. 다른 자들은 마중천과 요천사계 고수들 같아요."

"흠……."

그 와중에도 호천고수 한 명과 다른 고수 대여섯 명이 비명을 지르며 쓰러지자 종초홍은 초조한 표정이 됐다.

"어떻게 하죠? 말려주세요."

"네가 해라."

종초홍은 의아한 표정으로 물었다.

"어떻게요?"

"너 아까 운공조식 했지?"

"네."

"어느 정도 수준이었느냐?"

종초홍의 얼굴이 환해졌다.

"공력이 거대한 폭포가 쏟아지는 것 같았어요."

진천룡은 빙그레 미소 지었다.

"그리고?"

"뭐든지 소녀가… 아니, 천첩이 하면 다 될 것 같았어요."

진천룡은 고개를 끄떡였다.

"그럼 해봐라."

"네?"

종초홍이 의아한 표정을 짓자 진천룡은 아래를 굽어보면서 느긋하게 말했다.

"저 광경을 보고 네가 하고 싶은 것이 무엇이냐?"

"우선 싸움을 멈추게 하고 쌍방이 물러나게 하고 싶어요."

"그럼 그렇게 해봐라."

"제가… 천첩이 어떻게……."

진천룡은 종초홍 어깨에 손을 얹었다.

"지금 너는 초범입성(超凡入聖)의 경지다. 그 말은 못 할 게 없다는 뜻이다."

종초홍은 긴장된 표정을 지었다.

"천첩이 할 수 있을까요……?"

"물론이지."

종초홍은 아래를 굽어보면서 어떻게 할 것인지 머릿속으로 그리면서 공력을 끌어올렸다가 어느 한순간 아래를 향해 일성을 터뜨리며 두 팔을 모았다가 좌우로 좍 벌렸다.

"멈춰라!"

쩌러러렁!

"으아악!"

"끄악!"

땅과 허공이 거세게 진동하면서 커다란 범종을 두드리는 것의 일만 배 어마어마한 꽝음이 터지며 많은 사람들이 비틀거리거나 바닥에 쓰러졌다.

그와 동시에 진천룡 측근들과 호천고수를 비롯한 마중천, 요천사계 고수들 사이에 보이지 않는 투명한 막이 좌우로 길게 쳐졌다.

쿠웅……!

"우왓!"

"아앗!"

그러면서 양쪽 사람들이 투명막 양쪽으로 주춤거리면서 분분히 물러섰다.

그들이 물러선 빈 공터에 진천룡과 종초홍이 새털처럼 가볍게 스르르 내려섰다.

진천룡이 둘러보니까 청랑 등 측근들은 아무렇지도 않은데 호천고수와 마중천, 요천사계 고수들 대부분은 코와 입에서 피를 흘리며 주저앉거나 비틀거리고 있었다.

"주군!"

부옥령 등은 진천룡 곁으로 우르르 몰려들었다.

반면에 호천고수들은 종초홍을 발견하고 어리둥절한 표정을 떠올렸다.

"소궁주……."

"무사하십니까……?"

종초홍이 그들에게 고개를 끄떡이면서 대답을 하려고 할 때 갑자기 어지러운 파공음이 요란하게 들렸다.

파아아!

쉬이익!

그러더니 사방 허공에서 셀 수도 없을 정도로 많은 인영들이 나타나서 이쪽으로 쏘아왔다.

그들이 얼마나 많은가 하면 사방 허공을 새카맣게 뒤덮어서 밤하늘의 달과 별이 보이지 않을 지경이었다.

종초홍과 호천고수, 마중천, 요천사계 고수들은 적잖이 놀라고 있는 데 비해서 진천룡 쪽은 태연한 얼굴들이다.

나타난 인물들이 누군지 이미 짐작하고 있기 때문이다.

갑자기 출현한 고수의 수는 근 천여 명에 달했는데 그들은 순식간에 진천룡을 비롯한 원래 이곳에 있던 사람들을 겹겹이 포위해 버렸다.

그러더니 그들 중에서 선두에 있는 몇 명이 나는 듯이 달려와서 진천룡 앞에 무릎을 꿇는 게 아닌가.

"주군을 뵈옵니다!"

그들은 다섯 명인데 나란히 부복을 하고 이마를 땅에 댄 채 움직이지 않았다.

진천룡은 그들을 굽어보며 엷은 미소를 지었다.

"일어나라."

조심스럽게 일어나는 다섯 명의 중앙에는 남창 조양문 문주인 권부익이 두 손을 앞에 모은 채 공손한 표정을 짓고 있다.

그의 좌우에는 권부익의 측근인 비조당주 양원(梁園)과 관연홍, 그리고 영웅문 휘하로 들어왔던 백여 개 문파와 방파들 중에서 운검문 문주인 탁진우 등이 서 있었다.

진천룡은 권부익을 보며 미소 지었다.

"웬일이냐?"

권부익은 공손히 대답했다.

"남창 성내에 수상한 무리들이 잠입했다는 첩보가 입수되었는데 아무래도 그들이 주군을 괴롭힐 것 같아서 왔습니다."

진천룡은 고개를 끄떡이며 웃었다.

"하하하! 고맙다!"

권부익은 호천고수 등을 보면서 조심스럽게 물었다.

"주군, 웬 자들입니까?"

"마중천과 요천사계다."

그의 대답에 권부익 등의 얼굴에 극도의 분노가 떠올랐다.

"이놈들이 감히 여기가 어디라고!"

"허엇! 남창이 예전의 남창인 줄 아는 모양이로군!"

진천룡은 종초홍에게 넌지시 말했다.

"홍아, 수하들을 네 쪽으로 불러라."

종초홍은 공손히 고개를 숙이고 나서 호천고수들에게 자신 쪽으로 모이라고 전음을 보냈다.

호천고수들이 종초홍 주변으로 재빨리 모이자 마중천과 요천사계 고수들은 일순간 약간 우왕좌왕했다.

왜냐하면 그들을 여기까지 이끌고 온 것이 호천고수들이었기 때문이다.

그런데 여기까지 와서 호천고수들이 자기들만 싹 빠지니까 크게 당황한 것이다.

권부익 등은 앞으로 일이 어떻게 전개될 것인지를 짐작했는지 벌써부터 얼굴에 기세등등한 살기를 떠올렸다.

　그리고 마침내 진천룡의 입에서 그들이 기다리던 명령이 흘러나왔다.

　"모두 죽여라."

　"아앗!"

　"으헛!"

　마중천과 요천사계 여고수들이 놀라서 갈피를 못 잡는데 권부익이 벼락같이 외쳤다.

　"죽여라!"

　외침과 동시에 권부익과 그의 측근들이 제일 먼저 마중천과 요천사계 고수들을 향해 돌진했다.

　쉬이익!

　쏴아아아!

第百八十七章

남창대첩

　천여 명의 일류고수들이 일사불란하게 원형을 유지한 채 칠팔십여 명의 마중천, 요천사계 고수들을 향해 공격하는 광경은 그야말로 장관이었다.

　조양문 즉, 영웅문 남창지부는 남창을 비롯한 강서성의 주요 방파, 문파 백이십다섯 곳이 똘똘 뭉쳐서 이루어졌다.

　진천룡이 남창에 있을 때 강서성의 방파, 문파들의 수장들을 조양문에 소집했었다.

　그 당시에 조양문에 모인 방파, 문파의 수장들은 모두 백육십오 명이었으며, 그들 중에서 영웅문에 충성을 맹세한 방파와 문파는 모두 오십칠 곳이었다.

이후 영웅문에 충성하겠다는 방파, 문파들이 점점 늘어나더니 현재 백이십다섯 곳이 된 상황이다.

그들 백이십다섯 곳의 방파, 문파에서 규모에 따라서 각각 오십 명, 사십 명, 삼십 명의 고수들을 엄선하여 조양문으로 보내 동일한 무공을 연마하도록 했다.

그렇게 해서 조양문에는 상시 일만여 명의 일류고수들이 머물게 되었다.

예전 조양문으로서는 어림도 없는 일이다. 영웅문에서 엄청난 자금을 대고 남창 외곽에 거대한 땅을 매입하여 새 조양문을 지었기에 그 많은 고수들을 거느릴 수 있는 것이다.

콰차차차창!

"크아악!"

"와악!"

천여 명의 영웅문 남창지부 고수들은 그야말로 파죽지세로 휘몰아쳤다.

마중천과 요천사계 고수들은 반격할 엄두를 내지 못하고 무기력하게 쓰러져 갔다.

칠팔십여 명과 천여 명의 싸움은 누가 보더라도 뻔한 결말을 예상했지만 실제로는 더 심했다.

전의를 상실한 마중천과 요천사계 고수들은 어떻게 하든지 살아날 궁리만 하다가 도검에 찔리거나 장풍에 저중되어 피를 뿌리며 죽어갔다.

그때 요천사계 여고수 중 한 명이 진천룡 쪽을 보면서 애처롭게 외쳤다.

"부디 우리를 살려주세요!"

그러자 다른 여고수들도 결사적으로 검을 휘둘러 반격하면서 울부짖었다.

"저희들은 항복하겠으니 살려주세요!"

"제발 살려주세요!"

진천룡이 가볍게 고개를 끄떡이는 것을 본 부옥령이 나직하지만 쩌렁하게 외쳤다.

"멈춰라!"

그러자 공격하던 영웅문 남창지부 고수들이 약속이나 한 것처럼 일제히 뚝 멈추었다.

부옥령이 요천사계 여고수 즉, 요고수들을 보면서 위엄 있게 말했다.

"굴복하고 우리 휘하에 들어오면 살려주겠다."

요고수들 얼굴에 여러 가지 표정이 떠올랐다가 잠시 후 몇 명이 무기를 버리면서 외쳤다.

챙! 쩽강!

"휘하에 들어가겠어요!"

"굴복하고 당신네 사람이 되겠어요!"

요천사계 요고수 생존자는 삼십오 명이며 그중 십여 명이 남자 즉, 요마정랑이었다.

그런데 세 명의 요마정랑이 느닷없이 방금 무기를 버린 요고수들을 향해 검을 휘둘러 가면서 악을 썼다.

쉬이익!

"네년들이 배신하고도 무사할 것 같으냐?"

"뒈져라, 이년들아!"

무기를 버린 요고수들은 이런 일을 예상하지 못했기에 크게 안색이 변하며 피하려고 했다.

하지만 무기를 지닌 요마정랑들을 무기 없이 상대하는 것은 벅찬 일이다.

무기 없는 요고수들은 절망적인 표정을 지으며 어쩔 줄 몰라 허둥거렸다.

바로 그때 어디선가 눈부신 백광 한 줄기가 뿜어져 왔다.

짜아아!

북풍한설 같은 싸늘한 파공음을 동반한 백광은 정확하게 세 줄기로 갈라졌다가 검을 휘두르고 있는 세 명의 요마정랑 머리를 관통했다.

퍼퍼퍽!

"끄윽!"

"커흑!"

호천궁의 절학인 호천신력이다. 종초홍의 솜씨인데 그녀는 원래 호천신력을 육 성까지 익혔으나 임독양맥이 소통된 이후 공력이 초범입성의 경지에 이르자 자연히 호천신력을 십 성까지 터득하게 되었다.

세 명의 요마정랑은 불과 일 장 반 거리에 있는 요고수들을 향해 검을 휘둘렀으나 팔 장 거리에서 발출한 종초홍의 호천신력에 의해 즉사했다.

요마정랑이 아무리 빠르다고 해도 호천신력을, 그것도 신의 경지에 이른 종초홍의 손속을 피하지는 못했다.

부옥령은 종초홍을 힐끗 보고는 아무 말도 하지 않았다. 그녀는 진천룡이 종초홍에게 은혜를 베풀었다는 사실을 그제야 깨닫게 되었다.

진천룡은 부옥령을 비롯한 측근들이 들을까 봐 자신과 종초홍 주위에 무형막을 쳐놓았다.

무슨 비밀스러운 행사를 하려는 것이 아니라 어쨌든 자신이 행하는 일을 남들이 듣는 게 께름칙하기 때문이다.

부옥령은 진천룡을 슬쩍 쳐다보았다.

진천룡은 부옥령의 시선을 의식하고 그녀를 쳐다보다가 시선이 마주쳤다.

[홍아를 당신 여자로 만들었어요?]

부옥령은 의미심장한 표정으로 전음을 보냈다.

[아니?]

진천룡은 고개를 슬쩍 가로저었다.

부옥령은 종초홍을 한 번 보고는 다시 진천룡을 보며 두 팔을 약간 벌려 보였다.

그러면 종초홍이 저렇게 고강해진 것을 어떻게 설명하겠느냐고 묻는 것이다.

그런데 진천룡은 두꺼비가 파리 잡아먹은 표정을 지으며 딴청을 부렸다.

부옥령은 더 캐묻지 않았다. 그녀는 현명하기에 남자를 곤란하게 만드는 일은 하지 않는다.

물론 진천룡이 종초홍과 남녀로서 마지막 선을 넘지 않았다는 사실을 잘 알고 있다.

진천룡은 헤픈 듯하지만 사실은 헤프지 않은 사내이기 때문이다.

그러나 그가 어떤 방법을 썼든지 간에 종초홍을 이쪽 편으로 끌어들인 것은 분명했다.

그때 종초홍이 이쪽을 쳐다보다가 부옥령하고 눈이 마주치자 살포시 고개를 숙이며 미소를 지었다.

"잘 부탁해요."

종초홍은 아까 부옥령의 일장에 저승 구경을 하고 왔지만 그녀를 원망하는 마음은 없다.

두 사람은 이제 한식구가 됐으므로 친해져야만 하고 친해질 수밖에 없는 상황이다.

그렇지만 부옥령은 호락호락하고 싶지 않았다. 그녀는 진천룡의 최고 측근이며 그의 주변에 우글거리고 있는 모든 여자들을 총괄하는 입장에서 새로 들어온 종초홍에게 말석이라도 호락호락하게 내주고 싶지 않았다.

먼저 인사를 건넸으나 부옥령이 차가운 얼굴로 대꾸를 하지 않자 종초홍은 머쓱한 표정을 지었다.

종초홍은 진천룡을 보면서 슬쩍 전음을 보냈다.

[주인님, 쟤 왜 그래요?]

종초홍은 부옥령이나 측근들이 전음을 가로채는 능력이 있다는 사실을 알지 못했다.

종초홍은 부옥령이 십칠 세 정도로 보이기에 자신보다 손아래로 여기고 '쟤'라고 지칭했다.

부옥령은 종초홍 문제는 나중에 처리하기로 하고 요고수들을 보며 말했다.

"복종하겠다는 년들은 이쪽으로 와라."

그러자 요천사계의 남자 즉, 요마정랑들까지 한 명도 남기지 않고 모조리 이쪽으로 달려왔다.

부옥령은 한쪽 옆을 턱으로 가리켰다.

"꿇어라."

차차착!

그녀의 말이 떨어지기 무섭게 요고수들은 일사불란하게 몸을 날려 땅에 무릎을 꿇었다.

이제 장내에 남아 있는 것은 마중천의 마중고수 사십여 명뿐이다.

그들은 다소 불안하면서도 결연한 표정을 지은 채 모여 서서 결전의 의지를 다지고 있었다.

진천룡은 마중고수들을 물끄러미 응시하다가 몸을 돌려 걸음을 옮겼다.

그러자 부옥령이 차갑게 명령했다.

"죽여라."

그 순간 마중고수들 중에서 누군가 우렁차게 외쳤다.

"어떻게 된 일인지 설명해 주지 않겠소?"

진천룡과 종초홍은 나란히 걸어가고 부옥령이 방금 외친 마중고수를 보며 물었다.

"무얼 말이냐?"

그자는 구레나룻을 기른 용맹한 용모의 삼십 대 중반의 흑의 사내인데 마중고수들의 우두머리 같았다.

"우린 검황천문 고수의 안내로 이곳에 싸우러 왔는데 도대체 당신들은 누구요?"

진천룡이 걸음을 멈추고 돌아서자 종초호도 돌아섰다.

부옥령은 흑의 사내를 보며 조용한 목소리로 물었다.

"너희들은 누구고 너는 누구냐?"

흑의 사내는 시커먼 묵도(墨刀)를 움켜쥐고 있으며 날카로운 안광을 뿜으며 말했다.

"우린 마중천 사람들이고 나는 묵도룡(墨刀龍)이라고 하오."

부옥령은 고개를 끄떡였다.

"그래. 묵도룡아, 우린 영웅문 사람이다."

묵도룡과 마중고수들은 흠칫 놀라는 표정을 지었다.

반면에 무릎을 꿇고 있는 요고수들은 놀라지 않았다. 그로 미루어 마중고수들은 누구를 죽이러 가는지도 모른 채 온 것이고, 요고수들은 다 알고 온 것이 분명하다.

부옥령은 진천룡과 자신을 가리키며 친절하게 설명했다.

"여기에 계신 분은 영웅문주이시고 나는 좌호법이다."

"아아······."

마중고수들 속에서 놀라는 탄성이 여기저기에서 흘러나왔다.

진천룡과 부옥령 주위에는 측근들이 위풍당당하게 서 있어서 마중고수들은 입을 크게 벌린 채 질린 듯한 표정으로 쳐다보았다.

진천룡과 부옥령, 훈용강, 청랑, 은조, 옥소 등은 이미 무림에 쩌렁한 명성을 날리고 있는 중이다.

그렇기에 마중고수들은 진천룡과 부옥령을 비록한 측근들의 면면을 보면서 그들이 소문으로만 듣던 누구누구라는 사실을 확인할 수 있었다.

진천룡 등은 하나같이 최하가 초극고수에 절대고수들이라서 마중고수들은 쳐다보는 것만으로 기가 질렸다.

마중고수들의 우두머리인 묵도룡은 착잡한 표정으로 주위를 둘러보았다.

천여 명의 고수들이 겹겹이 포위하고 있는 광경을 보고는 도를 쥐고 있는 오른손을 힘없이 아래로 내렸다.

그걸 보고 권부익이 우렁찬 목소리로 외쳤다.

"나는 영웅문 남창지부 지부주인 조양문주 권부익이고, 이들은 남창지부의 영웅고수들이다!"

묵도룡과 마중고수들 얼굴에 몇 겹의 암울한 더께가 켜켜이 쌓였다.

자신들이 오늘 이곳에서 살아 나갈 확률은 반 푼도 되지 않는다는 사실을 절감했기 때문이었다.

부옥령이 눈으로 권부익을 쳐다보자 묵도룡이 급히 외치듯이 말했다.

"우리의 항복을 받아주겠소?"

"너희는 쓸모가 없다."

생각해 보지도 않고 대답하는 부옥령의 말에 묵도룡과 마중고수들의 얼굴이 참담하게 일그러졌다.

묵도룡은 이곳에서 싸우는 것은 아무런 명분도 없는 개죽음이라는 사실을 잘 알고 있다.

아무리 마도인들은 사파나 녹림하고는 달리 심지가 강하다고 하지만 이런 식으로 부질없이 죽음을 당하는 것은 수치스러운 일이다.

그런데 '너희는 쓸모가 없다'라는 부옥령의 말이 묵도룡 이하 마중고수들의 심장에 대못을 박았다.

그러므로 마중고수들은 요고수들처럼 살려달라고 빌지도

못하는 형편이다.

그러나 묵도룡은 오늘 이끌고 온 이들 마중고수들의 지휘자
다. 마중천의 일개 하위직 마중령(魔中令)이지만, 그에게도 사
랑하는 여인과 가족이 있으며, 수하들도 똑같은 처지다. 그러
므로 자신들의 부질없는 죽음은 수십 가족들에게 절망을 안
겨줄 터이다.

묵도룡은 지금 이 상황에서 자신이 무언가를 해야만 한다고
판단했다.

무슨 수를 써서라도 자신과 수하들의 목숨을 살려야겠다고
생각했다.

그는 진중한 표정으로 진천룡을 주시하며 말했다.

"어떻게 하면 우릴 죽이지 않겠소?"

부옥령은 고개를 가로저었다.

"안됐지만 너희는 죽을 운명이다."

"그대 말고 영웅문주에게 물었소."

"어……."

부옥령은 한 대 얻어맞은 얼굴이 되었다.

반면에 진천룡은 빙그레 미소를 지었다. 그는 묵도룡 같은
패기와 용기가 있는 사내를 좋아한다.

진천룡은 묵도룡을 보며 고개를 끄떡였다.

"말해라."

묵도룡은 진중하게 말했다.

"살려주면 당신의 손과 발이 되겠소."

"개가 되면 살려주마."

진천룡의 말에 묵도룡의 눈에서 시퍼런 안광이 뿜어졌다.

"개가 되느니 차라리 죽이시오."

＊　　　　＊　　　　＊

진천룡은 보일 듯 말 듯 미소 지었다. 묵도룡이라는 사내의 패기가 마음에 들었다.

진천룡은 가볍게 고개를 끄떡였다.

"알았다."

그가 고개를 끄떡이자 묵도룡과 마중고수들의 얼굴에 절망이 떠올랐다.

묵도룡이 '개가 되느니 차라리 죽겠다'라고 말했는데 진천룡이 '알았다'라고 반응했기 때문이다. 알았다는 것은 죽으라는 뜻이나 다름이 없다.

묵도룡은 자신들이 막다른 낭떠러지 끝에 서 있음을 느꼈다. 그는 이제 자신이 더 이상 할 게 없으며 운명을 받아들여야 한다는 사실을 깨달았다.

다른 사람이라면 지금 이런 상황에서 자신과 수하들의 목숨을 구하려고 별별 짓을 다 하겠지만 그는 생각나는 것이 하나도 없었다.

그의 대쪽 같은 성격이 그렇게 생겨 먹었기 때문이다. 중이
나 도사가 속세의 일에 대해서 모르는 것이나 같다.

진천룡은 사십사 명의 마중고수들을 쳐다보며 조용한 목소
리로 물었다.

"너희들 생각도 같으냐?"

마중고수들은 복잡한 표정을 지었으나 그들 중 어느 한 명
이 우렁찬 목소리로 외쳤다.

"그렇소! 우리 생각은 묵도룡 중마령과 똑같소!"

진천룡은 짐짓 감탄하는 표정을 지었다.

"호오… 그러면 너희들도 다 같이 죽겠다는 거로구나."

묵도룡은 착잡한 표정으로 수하들을 차례대로 둘러보았다.
그의 착잡한 표정을 보면 심중에 만감이 교차하고 있다는 것
을 알 수가 있다.

그는 죽는 것이 두렵지 않지만 수하 사십사 명의 목숨까지
끌고 갈 자신은 없었다.

사실 그는 죽는 게 두렵기보다는 아쉬움이 남았다. 그에게
도 사랑하는 아내와 가족이 있기 때문이다.

한 자루 칼날 위에서 내일을 기약하지 못하는 삶을 사는 처
지라서 사랑하는 사람이나 가족 따위는 갖지 않으려고 했었는
데 현실은 그렇지 않았다.

멋대가리 없는 그를 죽어라 사랑하는 여인이 생겼고, 그래
서 그녀를 품었는데 사랑의 결실인 자식이 생겼다.

만약 그가 죽는다면 아내는 평생 과부로 혼자 살 것이고 자식은 아비 없이 성장할 터이다.

그런 것을 생각하면 그도 함부로 죽지 못하는 목숨이고 그게 아쉬움이라면 아쉬움인 것이다.

그것은 수하들도 마찬가지일 것이다. 그들에게도 사랑하는 가족이 있을 테니까 그들의 죽음은 가족들에게는 청천 하늘에 날벼락 같은 일이 될 터이다.

그때 마중고수들이 합창하듯이 외쳤다.

"우리는 묵도룡 중마령과 생사를 함께하겠소!"

묵도룡은 울컥하고 뜨거운 무엇이 솟구치는 것을 느꼈다.

수하들의 그런 충정이 그를 더욱 힘들게 만들었다.

사실 그 혼자서도 생사를 도외시하기가 힘든데 수하들의 생사까지 책임지자니 죽을 맛이다.

그렇다고 해서 지금은 당금 무림에서 가장 뜨거운 관심과 명성이 자자한 영웅문주를 상대로 거래를 할 수 있는 상황이 아니다.

진천룡은 고개를 끄떡였다.

"용기가 가상하므로 다 같이 죽게 해주겠다."

묵도룡의 표정이 크게 흔들렸고, 마중고수들은 비장한 표정을 지었다.

묵도룡은 돌아서고 있는 진천룡을 뚫어지게 주시하며 복잡한 갈등에 휩싸였다.

그의 울대가 꿀렁하고 크게 요동쳤다.

그러더니 진천룡의 등을 향해 외쳤다.

"개가 되겠소!"

진천룡은 걸음을 멈추고 뒤돌아섰으며, 마중고수들은 움찔 놀라서 묵도룡을 쳐다보았다.

묵도룡은 진천룡을 보며 두 주먹을 움켜쥐고 재차 비장한 얼굴로 외쳤다.

"당신의 개가 되겠소!"

그러더니 묵도룡은 진천룡을 향해 그 자리에 무릎을 꿇고 부복했다.

마중고수들뿐만 아니라 진천룡의 측근들과 남창지부 사람들도 적잖이 놀라는 표정으로 쳐다보았다.

모두가 보기에도 묵도룡은 죽으면 죽었지 절대로 굴복하지 않을 사람 같았기 때문이다.

그러나 사람들은 어째서 묵도룡이 굴복하는 것인지 이유를 잘 알고 있다.

"그런가?"

진천룡은 이번에는 사십사 명의 마중고수들을 쳐다보았다.

진천룡이 원하는 바는 곧장 마중고수들에게 전해졌다.

마중고수들은 움찔했다.

그러더니 잠시 후에 한 명이 그 자리에 무너지듯이 무릎을 꿇으며 외쳤다.

"당신의 개가 되겠소!"

그러는가 싶더니 마중고수들이 앞다투어 무릎을 꿇으면서 외쳤다.

"당신의 개가 되겠소—!"

그들의 외침은 차라리 울부짖음이었다. 그들 중 몇 명은 흐느껴 울기도 했다.

진천룡은 부복한 사십오 명을 굽어보며 조용히 말했다.

"마중천을 배신할 수 있느냐?"

묵도룡이 이마를 땅에 묻은 채 대답했다.

"어차피 우리는 돈을 벌려고 마중천에 들어갔었소. 그러니까 배신이 아니라 마중천을 떠나기만 하면 되는 것이오."

무림인 대부분이 돈을 벌기 위한 방편으로 방파를 선택한다. 방파와 문파가 다른 점은 그것이다.

방파는 이득을 위한 집단이기 때문에 녹봉을 보고 무림고수들이 모여들지만, 문파는 어떤 목적을 계승하기 위한 조직이라는 점이 다르다.

더구나 마도와 사파, 녹림 무리들은 더욱 그렇다. 정파에서도 돈을 좇는 방파가 수천이나 되는데 마도, 사파, 녹림이라고 다르겠는가.

묵도룡의 말이 이어졌다.

"우리는 마중천에 돈을 벌려고 들어갔으나 이제부터는 당신에게 충성하겠소."

진천룡은 조용히 말했다.

"살기 위해서인가?"

"그렇소."

묵도룡은 솔직하게 대답했다.

진천룡은 고개를 끄떡였다.

"살기 위해서라면 너희들은 그만 가도 된다."

묵도룡은 고개를 들고 진천룡을 쳐다보았다.

"무슨 뜻이오?"

"두 가지를 약속하면 살려주겠다."

묵도룡만이 아니라 마중고수들 모두 고개를 들고 의아함과 기대가 떠오른 표정으로 진천룡을 쳐다보았다.

"그게 무엇이오?"

일이 이상한 쪽으로 흐르고 있다. 묵도룡과 마중고수들이 예상하지 못했던 방향이다.

진천룡은 담담한 얼굴로 말했다.

"마중천을 떠날 것. 그리고 나와 적대하지 말 것이다. 할 수 있겠느냐?"

묵도룡은 굳은 얼굴로 대답했다.

"목숨이 걸린 일인데 어찌 못 하겠소?"

그는 복잡한 표정을 지었다.

"그런데 왜 우리를 살려주는 것이오?"

진천룡은 모두를 둘러보며 말했다.

"그 이유를 아는 사람 있나?"

그러나 아무도 대답하는 사람이 없다.

그래서 부옥령이 미소를 지으며 입을 열려고 하는데 종초홍이 냉큼 먼저 말했다.

"그가 죽으려고 했기 때문이에요."

부옥령은 자신이 말하려고 했던 것과 같아서 뜻밖이라는 표정으로 종초홍을 쳐다보았다.

그러자 종초홍은 진천룡의 팔을 가슴에 안고 매달리듯 하며 애교를 부렸다.

"맞았나요?"

진천룡은 빙그레 미소 지으며 종초홍의 머리를 쓰다듬었다.

"그래."

예전의 종초홍은 남자의 손길이 자신의 옷에 닿기만 해도 손목을 자르고 싶을 정도였는데 지금은 진천룡이 머리를 쓰다듬는 것이 너무 좋아서 어쩔 줄을 몰랐다.

진천룡은 묵도룡에게 말했다.

"나는 너 같은 사내를 좋아한다. 그래서 죽이는 것이 아깝다고 생각했다."

묵도룡의 표정이 여러 차례 복잡하게 변했다.

"살려줄 테니까 가라."

진천룡이 손을 젓자 묵도룡이 진중한 표정을 지었다.

"이제 우리는 자유요?"

"그렇다."

묵도룡이 마중고수들을 쳐다보자 그들은 기쁜 듯 기대하는 표정으로 그를 쳐다보았다.

묵도룡은 눈빛으로 마중고수들과 의견을 교환한 후에 진천룡을 보며 진지하게 말했다.

"그렇다면 마중천 휘하가 아닌 무림의 적(籍)이 없는 무사로서 당신에게 부탁하겠소."

"뭐냐?"

묵도룡은 두 손을 앞에 모으고 고개를 숙였다.

"우릴 거두어주시오."

진천룡은 조금도 놀라거나 의외라는 표정을 짓지 않았다. 이것은 그가 의도했던 것이기 때문이다.

그는 묵도룡이 이런 결정을 내릴 것이라고 예상하여 그들을 놔주겠다고 한 것이다.

진천룡은 부옥령과 측근들을 둘러보며 엷은 미소를 지었다.

"어떤가?"

부옥령이 말하려는데 이번에도 종초홍이 개밥에 도토리처럼 톡 끼어들었다.

"훌륭해요!"

그 순간 진천룡은 부옥령의 이마에 핏대가 빡! 하고 곤두서는 것을 발견했다.

'위험하다!'

본능적으로 그렇게 판단한 그는 갑자기 종초홍을 엄한 얼굴로 꾸짖었다.

"홍아, 너는 나서지 마라."

종초홍을 위해서 그녀를 꾸짖는 것이다.

그랬더니 부옥령의 얼굴이 사르르 풀어지면서 진천룡을 사랑스럽게 바라보았다.

그녀의 눈에는 사랑과 고마움이 가득했다.

진천룡은 아예 한술 더 떠서 종초홍을 더 꾸짖었다.

"홍아, 너는 오늘 이후 좌호법을 하늘처럼 모셔야 한다. 알았느냐?"

종초홍은 돌변한 진천룡을 복잡한 얼굴로 바라볼 뿐 대답을 하지 않았다.

"어째서 대답을 하지 않는 것이냐?"

진천룡은 이쯤에서 종초홍의 버릇을 제대로 들이는 것이 좋겠다는 생각을 했다.

누가 뭐라고 해도 그에겐 부옥령이 가장 가까운 존재요, 최측근이다.

그녀를 완전한 여자로 여기지는 않지만, 누군가 그녀를 여자로 여기느냐고 묻는다면 십중팔구 그렇다고 대답할 것이 분명하다.

종초홍은 진천룡의 눈치를 살폈다. 그녀는 총명한 여자라서 그의 눈빛 속에서 흐릿한 미소를 발견하고 이내 그의 내심을 알아차렸다.

보통 여자들은 그런 걸 발견하지 못하는데 종초홍은 그런 점에서 대단했다.

사실 그녀에겐 특별한 재능이 있는데, 눈이나 표정을 보고 상대의 내심을 읽어내는 것이다.

종초홍은 공손히 고개를 숙였다.

"당신 말씀에 따르겠어요."

그러더니 부옥령을 향해 날아갈 듯이 살포시 고개를 숙이며 상냥하게 말했다.

"잘못했어요. 용서해 주세요. 앞으로는 그러지 않을게요."

종초홍이 고개를 숙이면서까지 잘못을 비는데 부옥령으로 서는 어쩔 수가 없다.

부옥령을 비롯한 진천룡의 측근들은 진천룡이 종초홍을 어 떤 방법으로 고분고분하게 만들었는지 대충 짐작했다.

진천룡이 종초홍의 중상을 치료하면서 그녀에게 임독양백 소통과 벌모세수, 환골탈태를 시켜주었을 것이다.

그것은 너무도 뻔한 방법이지만 그 결과는 천하를 얻은 것 만큼이나 탁월해서 넘어가지 않는 사람이 없다.

자신의 공력이 졸지에 두 배 가깝게 급증하고 또한 여자인 경우에는 진천룡처럼 젊고 잘생긴 청년이 온몸을 만지면서 임 독양맥 소통 등을 해주는데 어찌 넘어가지 않겠는가.

진천룡은 묵도룡을 보며 고개를 끄떡였다.

"너희를 영웅문 휘하에 거두겠다."

순간 묵도룡을 비롯한 마중고수들 얼굴에 믿어지지 않는다는 표정이 파도처럼 떠올랐다.

영웅문이 당금 무림에서 떠오르는 태양이라는 것은 어린아이들도 잘 알고 있는 사실이다.

또한 영웅문에 속한 사람이라면 무공을 하든 못 하든 차별 없이 모두 최고의 녹봉과 후생을 누리고 있다는 사실 역시 모르는 사람이 없을 정도다.

그런데 조금 전까지만 해도 무림에서 손가락질을 받는 마도인이었던 자신들이 졸지에 명문 영웅문 휘하가 되었으니 이게 꿈인지 생시인지 믿어지지가 않았다.

진천룡은 훈용강에게 고개를 끄떡여 보였다.

"자네가 맡게."

훈용강은 고개를 숙였다.

"명을 받듭니다."

훈용강은 영웅문 장로지만 그의 수족 같은 심복 현종이 충혈당주이고, 충혈당 고수들이 대부분 사파였던 삼절맹 휘하 고수들이라서 장로가 된 이후에도 그는 충혈당을 자신의 사조직처럼 부리고 있다.

또한 일전에 마중천 복건지부였던 유마부를 삼절맹 휘하에 둔 적이 있었다.

그런가 하면 복건성 신해문의 고수 사십칠 명을 영웅문 충

혈당에 받아들여서 신해향을 만들었고, 신해문주 선무건을 신
해향주로 임명한 일도 있었다.

*　　　　*　　　　*

훈용강은 위엄 있는 얼굴로 묵도룡을 쳐다보았다.

"네 이름이 무엇이냐?"

묵도룡은 뻣뻣하게 대답했다.

"묵도룡이오."

화운빙이 쨍한 목소리로 꾸짖었다.

"죽고 싶은 게냐? 그분은 영웅문의 장로이시다!"

묵도룡은 자신이 영웅문 휘하가 됐다는 사실을 실감하지
못해서 뻣뻣했던 것이지 상하 구분을 못 하는 것은 아니다.

훈용강은 화운빙이 적당한 시기에 자신의 편을 들어주자 그
녀를 보며 가볍게 고개를 끄떡였다.

화운빙은 그 한마디로 자신이 진천룡의 대단한 측근이 된
것 같은 기분이 들어서 아무도 모르게 으쓱했다.

묵도룡은 곧 상황 판단을 하고 훈용강에게 정중히 포권하며
고개를 숙였다.

"죄송합니다, 장로님."

차갑고 엄하기로는 훈용강을 능가할 인물이 드물다. 그는 무
표정한 얼굴에 건조한 음성으로 말했다.

"너희 사십오 명은 영웅문 충혈당 휘하 묵도향이다. 네가 향주를 맡아라."

묵도룡을 비롯한 마중고수들은 자신들이 즉석에서 영웅문 휘하 충혈당이라는 곳에 묵도향으로 배속되자 놀라고도 감격해서 어쩔 줄을 몰랐다.

묵도룡은 수하들의 표정을 살피고는 그들이 품고 있는 의문을 대신 물어보았다.

"죄송하지만 다시 한번 확인하겠습니다. 저희들 사십오 명이 영웅문 충혈당 휘하 묵도향에 배속된 것이 맞습니까? 말씀해 주십시오."

"맞다."

묵도룡은 진천룡을 쳐다보았다. 그에게 확인을 하려는 것은 아니지만 무심코 쳐다본 것이다.

진천룡은 가볍게 고개를 끄떡였다.

"너희들은 영웅문 휘하의 고수들과 똑같은 대우를 받게 될 것이다."

"아아……."

"믿어지지 않습니다……."

마중고수들은 꿈을 꾸는 듯한 얼굴로 중얼거렸다.

훈용강은 묵도룡에게 위엄 있게 말했다.

"충혈당 묵도향 사십오 명은 영웅문에 도착할 때까지 내가 인솔하겠다. 이리 모여라."

그의 말이 떨어지기 무섭게 마중고수, 아니, 충혈당 묵도고수 사십오 명이 쏜살같이 달려와서 훈용강 앞에 질서 있게 줄지어 섰다.

부옥령은 한쪽에 모여 있는 삼십오 명의 요고수들에게 고개를 끄떡여 보였다.

"너희들도 이리 와라."

마중고수들 때문에 한동안 잊힌 채 방치되어 있던 요고수들은 기쁜 얼굴로 쏜살같이 달려왔다.

부옥령은 턱으로 요고수들을 가리키며 훈용강에게 명령했다.

"이들은 네가 맡아라."

훈용강은 공손히 고개를 숙였다.

"알겠습니다."

위엄 있는 언행의 훈용강이 십칠 세 어린 소녀의 모습인 부옥령에게 지극히 공손하게 대하는 것이 매우 이상했다.

지난달에 요천사계 복건지부 부지부주였던 요마십구령 아미를 비롯한 십여 명의 요고수들을 거두어서 영웅문 내에 하나의 조직을 만들어주겠다고 했었다.

아미는 요마정수들을 데려다주면 자신이 잘 설득해서 영웅문 사람으로 만들 수 있다고 자신했었다.

요천사계의 최정예고수를 요마정수라 부르고, 그들 중 여자를 요마정녀, 남자를 요마정랑이라 부른다.

요천사계 복건지부 부지부주였던 아미는 요천사계의 모든 요고수들이 아주 어렸을 때 납치되어 길러졌기 때문에 영웅문이 그들에게 부모를 찾아주거나 안정된 생활을 약속하면서 잘 설득하면 영웅문 사람으로 만들 수 있다고 말했었다.

그래서 훈용강은 이곳에 있는 요고수 삼십오 명을 아미에게 맡길 생각이다.

아미가 이들보다 훨씬 지위가 높기도 하지만 앞으로 요천사계의 높은 지위 인물을 영입하더라도 아미 휘하에 둘 것이다. 아미가 영웅문 요마조직의 창시자이므로 그녀를 높게 평가하려는 의도다.

요천사계에는 이십사 명의 요마령이 있으며 그들은 천하 무림의 각 요부(妖部)를 맡고 있다.

요부는 지부를 의미하는데, 아미는 이십사 명의 요마령 중에서 십구령으로 복건요부의 부지부라는 지위였다.

아미 역시 어렸을 때 요천사계에 납치됐었는데 영웅문에서 그녀의 가족을 찾아주었다.

아미의 부친은 강소성 용우검장의 장주이며 예전에 훈용강에게 은혜를 입은 적이 있어서 그를 형님으로 모셨었다.

훈용강은 요고수들을 보며 물었다.

"지휘자가 누구냐?"

요고수들 중에서 한 여자가 쭈뼛거리면서 앞으로 나왔다.

"저… 입니다."

마르고 키가 큰 체구에 이십 대 초반의 나이며 농염한 몸매라서 걷는데 몸이 출렁거렸다.

예전에는 천하에 비길 데 없는 호색한이었으나 지금은 마음을 잡은 훈용강은 그녀를 보며 물었다.

"지위가 뭐냐?"

"오십일요마정녀예요."

"이름은?"

"……"

"이름이 뭐냐고 물었다."

오십일요마정녀는 죄를 지은 듯 머뭇거렸다.

"어… 없는데요……."

"이름이 없다고?"

"네… 오십일요마정녀가 제 칭호예요. 그래서 다들 그냥 오십일정녀라고 불러요."

훈용강은 조금 충격을 받았다. 요천사계에 대해서 잘 알고 있다고 자부했었지만 요고수에게 이름마저 없다는 사실은 모르고 있었다.

"왜 이름이 없느냐?"

오십일정녀는 어떻게 대답해야 할지 몰라서 쩔쩔맸다.

"아… 이름이 없는 것이 잘못인가요……?"

"그게 아니다."

부옥령이 훈용강을 꾸짖었다.

"멍청아, 누가 이름을 지어줘야 이름이 있을 게 아니냐?"

"아……."

훈용강은 가볍게 뒤통수를 한 대 맞은 표정을 지었다.

부옥령이 훈용강에게 명령하듯이 말했다.

"그럼 네가 그 아이 이름을 하나 지어줘라."

"제가… 말입니까?"

"그래. 네가 그 아이를 난감하게 만들었잖느냐? 사과하는 의미로 이름 하나 지어줘라."

그러자 오십일정녀는 감격한 표정으로 부옥령을 조심스럽게 바라보았다.

훈용강은 잠시 생각하더니 나직하고 부드러운 목소리로 입을 열었다.

"계수(桂樹)가 어떻습니까?"

"내 이름을 지어준 것이냐?"

"아… 닙니다."

"그렇다면 저 아이에게 물어봐야지, 어째서 내게 묻는 것이냐? 멍청한 놈."

"죄송합니다."

훈용강은 오십일정녀를 보며 물었다.

"계수라는 이름이 어떠냐?"

"저는……."

"마음에 들지 않으면 다른 이름을 생각해 보마."

"아… 아닙니다……!"

오십일정녀는 화들짝 놀라서 두 손을 저었다.

"너무 마음에 듭니다. 예쁜 이름이에요."

오십일녀의 반응에 훈용강은 보일 듯 말 듯 다행이라는 표정을 지었다.

부옥령이 또 끼어들었다.

"성이 계씨이고 이름이 수냐?"

"아닙니다."

"그럼 성은 무엇이냐?"

부옥령은 훈용강이 머쓱한 표정을 짓는 것을 보고 의아한 생각이 들었다.

"용강, 네가 그러니까 이상하잖아."

부옥령은 진천룡이 하는 대로 따라서 했다. 그가 쓰는 말투며 언행을 빼다박은 듯이 그대로 구사했다.

그래서 그가 훈용강을 '용강'이라고 부르니까 그녀도 그렇게 부르는 것이다.

"성이 뭐냐고 물었다."

부옥령이 미간을 좁히며 재차 묻자 훈용강은 하는 수 없이 대답했다.

"훈(勳)입니다."

부옥령은 어? 하는 표정을 지었다.

"너… 훈씨잖아?"

훈용강의 얼굴이 조금 붉어졌다.

"그… 렇습니다."

부옥령은 그의 얼굴을 빤히 응시하며 물었다.

"그럼 훈계수가 누구냐?"

훈용강은 구해달라는 듯한 표정으로 진천룡을 쳐다보았지만 그도 궁금한 터라서 못 본 체 가만히 있었다.

체념한 훈용강은 기어드는 목소리로 말했다.

"여동생입니다."

부옥령은 조금 놀라는 표정을 지었다.

"네 여동생이 어릴 때 납치당했던 것이냐?"

부옥령의 상상력이 눈부시게 빛났다. 그녀는 오십일정녀를 가리키며 흥분을 억누르려고 애썼다.

"오오……! 그 여동생을 이제야 만난 것이냐? 그런데 용강 너는 여동생을 어떻게 알아보았느냐?"

"아… 아닙니다."

훈용강은 적잖이 당황했다.

"여동생은 어릴 때 병으로 죽었습니다……."

"그런데 어째서……?"

부옥령은 훈용강과 오십일정녀를 번갈아 쳐다보면서 의아한 표정을 지었다.

훈용강은 우물쭈물했다.

"뭐… 가 말입니까?"

"어째서 이 아이에게 죽은 네 여동생 이름을 지어주었느냐
는 말이다."

"글쎄요. 왜 그랬을까요……?"

훈용강은 자포자기한 얼굴이다. 그는 말로든 힘으로든 부옥
령에게 한 번도 이겨본 적이 없었다.

마침내 지켜보던 진천룡이 끼어들었다.

"령아, 네가 용강더러 이 아이의 이름을 지어주라고 명령했
었잖느냐."

"명령이었나요?"

"그러면 부탁이었느냐?"

"헤헤… 명령이었군요?"

부옥령은 개구쟁이처럼 웃었다.

바로 그때 저만치 녹수원의 담을 넘는 몇 개의 검은 인영이
보였다.

그들은 곧장 권부익이 있는 곳으로 나는 듯이 쏘아오더니
허리를 굽히며 보고했다.

"지부주! 엄청난 고수들이 몰려오고 있습니다!"

권부익이 진천룡에게 보고하라고 시키려는데 진천룡이 손을
저으며 가까이 다가왔다.

보고하는 인물은 영웅문 남창지부 휘하의 고수이며, 정보와
척후를 담당하는 부서에 속해 있다.

권부익이 급히 물었다.

"어떤 자들이냐?"

"그건 모르겠습니다."

부옥령이 다가와서 침착한 얼굴로 물었다.

"몇 명이나 되느냐?"

보고자는 복잡한 표정을 지으며 겨우 말했다.

"잘 모르겠습니다."

"그게 무슨 말이냐?"

"너무 많아서 가늠할 수가 없습니다. 그래도 족히 만여 명은 될 것 같았습니다."

"만 명……."

"맙소사……."

여기저기에서 나직한 탄성이 흘러나왔다.

이번에는 진천룡이 물었다.

"그들이 어디쯤 오고 있더냐?"

보고자들은 진천룡을 힐끗 보면서 머뭇거렸다.

그러자 권부익이 나직하게 호통을 쳤다.

"주군이시다! 어서 아뢰지 못하겠느냐?"

"아앗!"

보고자들은 화들짝 놀랐다가 바닥에 납작하게 부복하고는 떨리는 목소리로 보고했다.

"북(北)에서 오는 무리는 삼천여 명이며 현재 노산(爐山) 근처에 이르렀습니다."

다른 보고자가 말을 이었다.

"서남에서 오는 무리는 청강현(淸江縣)에 이르렀으며 그 수는 약 이천오백여 명입니다."

"서북에서 오는 무리는 삼천오백여 명이며 선풍현(善豊縣)을 지나고 있습니다."

부옥령이 긴장한 얼굴로 물었다.

"세 무리냐?"

"그렇습니다."

그때 다시 담을 넘는 파공음에 모두 그쪽을 쳐다보자 한 인영이 담을 넘어 이쪽으로 쏘아오고 있다.

중인들은 그 인영 역시 보고자일 것이라고 짐작했다.

그자는 곧장 달려와서 권부익 앞에 이르러 고꾸라질 듯이 넘어졌다.

"지부주! 동쪽에서 온 침략자들입니다!"

이건 또 무슨 소린가? 밑도 끝도 없이 침략자라니 모두들 의아한 표정을 지었다.

부옥령이 차가운 목소리로 외쳤다.

"정신 차리고 차근차근 보고해라."

권부익이 재빨리 설명했다.

"본문의 좌호법이시다. 정신 차리고 제대로 보고해라. 침략자들이 누구라는 말이냐?"

검은 야행복을 입은 보고자는 그제야 권부익과 부옥룡, 진천룡 등을 둘러보면서 기가 질린 듯한 표정을 지었다.

권부익이 호통치려는 것을 진천룡이 손을 뻗어 제지하고는 보고자를 일으켜 주며 조용한 목소리로 물었다.

"급할 거 없으니까 심호흡하고 나서 천천히 말해라."

보고자가 진천룡을 쳐다보자 권부익이 황송한 표정으로 나직이 소리쳤다.

"무엄하다. 주군이시다."

"으헛!"

진천룡은 권부익을 꾸짖었다.

"이 사람아! 지금 그게 중요한가?"

"죄… 송합니다, 주군."

마지막에 온 보고자는 한숨 돌리고 머릿속에서 생각을 정리하고는 더듬거리면서 보고했다.

"절강성의 전당강을 따라서 수백 척의 군선(軍船)들이 진격해 오고 있습니다……!"

"군선이라고?"

"그게 무슨 소리라는 말인가? 군선이라니……."

*   *   *

마지막 보고자는 자지러지듯이 외쳤다.

"왜(倭)입니다!"

부옥령은 번개같이 뇌리를 스치는 것이 있어서 발작적으로 보고자에게 물었다.

"부상(扶桑)이라는 말이냐?"

"그… 렇습니다……!"

좌중이 몹시 어수선해졌다. 부상국(扶桑國:일본)의 군선 수백 척이 전당강을 거슬러 오르고 있다면 그것은 부상국의 침략이 아닌가.

그렇다면 전쟁이라는 뜻이다. 그러니까 무림의 영웅문하고는 상관이 없는 것이다.

그런데 진천룡은 부상국의 군선들이 어째서 전당강을 거슬러 오르는 것인지 이유를 알 수가 없다.

부상국이 전쟁을 목적으로 중원을 침략하는 것이라면 황제가 있는 북경으로 가야지 어째서 남쪽 절강성의 전당강을 타고 오른다는 말인가.

진천룡은 문득 어떤 생각이 들어서 급히 주위를 둘러보다가 정무웅을 발견하고 그에게 물었다.

"웅아, 군선으로 전당강 어디까지 거슬러 오를 수 있느냐?"

영웅호위대 제일부대주인 정무웅은 최근 영웅통위대주인 옥소가 가는 곳이면 어디든지 수행하고 있다.

정무웅은 잠시 생각하다가 공손히 대답했다.

"건덕현(建德縣)입니다."

정무웅은 항주 토박이라서 절강성에 대해서 잘 알고 있다.

진천룡은 께름칙한 것이 있어서 그걸 염두에 두고 물었다.

"건덕현에서 여기 남창까지는 거리가 얼마나 되지?"

"사백여 리 정도 됩니다."

진천룡은 미간을 잔뜩 좁혔다.

"그럼 아닌데……."

부옥령이 의아한 얼굴로 물었다.

"뭐가 아니라는 거죠?"

진천룡은 곰곰이 생각하는 얼굴로 말했다.

"조금 전에 북쪽과 서북쪽 남쪽에서 오는 무리들은 남창하고 거리가 얼마나 되지?"

남창 토박이 권부익이 대답했다.

"오십여 리에서 백여 리 정도입니다."

진천룡은 누구에게랄 것 없이 물었다.

"그들이 누구라고 짐작하는 것이지?"

부옥령이 대답했다.

"검황천문과 마중천, 요천사계, 무극애와 호천궁 등이 아니겠어요?"

"그렇지."

진천룡은 고개를 끄떡였다.

"그런데 부상국은 사백여 리나 떨어져 있으니까 그들과 한통속은 아닌 것 같아."

부옥령은 가볍게 놀라는 표정을 지었다.

"어째서 부상국을 한통속으로 본 거죠?"

"수천 년 동안 잠잠하던 부상국이 어째서 하필이면 지금 이때 중원에, 그것도 남창을 향해서 오는 것이지?"

진천룡은 주위를 둘러보다가 저만치 전각 입구의 돌계단 위에 서 있는 감후성 일행을 발견하고 이곳으로 오라는 손짓을 해 보였다.

감후성 등이 허공을 쏘아와서 앞에 내려서자마자 진천룡이 물었다.

"이곳에서 누굴 만나기로 한 거요?"

감후성은 여태까지 일어난 일들을 다 보고 들었으므로 지체 없이 대답했다.

"호천궁 사람들을 만나기로 했소."

"검황천문이나 마중천, 요천사계는 아니오?"

감후성은 고개를 가로저었다.

"아니오."

종초홍이 진천룡 옆에 바싹 붙어서 조그맣고 새빨간 입술을 나풀거렸다.

"우리가 호천궁과 검황천문, 마중천, 요천사계를 대표하고 있으므로 무극애는 우리만 만나면 되는 거예요."

검황천문의 태공자가 마중천과 요천사계의 중요 인물을 데리고 호천궁에 찾아왔었다고 말했었다.

"부상국이 어째서……."

진천룡은 말끝을 흐리면서 골똘한 생각에 잠겼다.

'지금 부상국을 제외한 세 방향에서 오는 무리들은 우리와 무극애가 목적이다. 그러면 부상국은 왜 오는 것인가……?'

부상국은 다른 세 개의 무리하고 거리가 삼백여 리 차이가 나기 때문에 시간상으로는 이틀 이상 늦을 것이다.

부상국이 그렇게 늦게 남창에 도착한다면 이곳의 상황은 이미 끝났을지도 모른다.

그렇다면 부상국의 목적지는 남창이 아닐지도 모른다. 아니, 아닐 것이다.

밑도 끝도 없이 부상국이 중원에 나타난 이유 자체가 오리무중이다.

그때 어떤 생각이 진천룡의 뇌리를 번갯불처럼 스쳤다.

'어헛! 설마……'

진천룡은 급히 마지막 보고자에게 물었다.

"부상국 군선들이 전당강 어디까지 들어왔다고 하더냐?"

"그… 그게……."

갑작스러운 물음에 보고자는 당황해서 대답을 하지 못했다.

권부익이 엄히 다그쳤다.

"어서 말씀을 드려라!"

보고자는 전전긍긍했다.

"부상국이 전당강 어디까지 들어왔는지는 정확하게 알지 못합니다."

진천룡이 재촉했다.

"최대한 빨리 알아볼 수 있겠느냐?"

"즉시 알아보겠습니다!"

보고자는 절을 하고는 급히 왔던 길을 되돌아서 쏘아갔다.

중인들은 진천룡이 무엇 때문에 그러는 것인지 짐작조차 하지 못했다.

다만 부옥령이 뭔가 짐작한 듯 수정처럼 커다랗고 맑은 눈을 깜빡거렸다.

'설마⋯⋯.'

그녀는 다급한 얼굴로 급히 진천룡의 소매를 잡아끌며 전음을 보냈다.

[주인님, 설마 부상국이 항주의 본문을 공격하려는 것은 아니겠죠?]

진천룡은 깊은 생각을 방해받지 않으려고 부옥령의 물음을 무시했다.

그의 그런 행동에 더 심각해진 부옥령은 초조함이 극에 달해 그의 팔을 잡고 흔들었다.

[여보! 대체 무슨 생각을 하시는 건가요?]

경황 중이라서 그녀는 평소 자신이 진천룡을 생각하고 있는 호칭이 그대로 튀어나왔다.

그러나 진천룡은 그런 것에 반응할 기분이 아니다. 그는 잠시 더 생각하다가 부옥령을 쳐다보았다.

[령아, 그들이 부상국이 아니라 창파령이라면 본문을 공격할 가능성이 있겠지?]

"아……."

부옥령은 너무 놀라서 나직한 탄성을 흘렸다.

진천룡은 주위를 재빨리 쓸어보았다. 그의 측근이라고 할 수 있는 인물들은 다 모여 있었다.

하기야 진천룡이 전쟁을 치르겠다고 남창으로 향하는데 날고 기는 측근들이 따라오지 않을 리가 없다.

진천룡의 시선이 옥소에게 멈췄다.

"소야, 가장 빠른 전달 수단이 뭐지?"

옥소는 진천룡에게 달려오면서 빠르게 대답했다.

"흑응(黑鷹)이 있어요."

"본문까지 얼마나 걸리겠느냐?"

"반시진이면 될 거예요."

"준비해라."

부옥령은 취봉삼비 중 소가연에게 손을 내밀었다.

"지필묵 있느냐?"

"여기 있어요."

소가연은 즉시 품속에서 상시 휴대하고 다니는 지필묵을 공손히 내밀었다.

지필묵이라고 해봐야 가느다란 세필(細筆) 한 자루와 붓 뚜껑 겸 그 안에 들어 있는 먹물, 그리고 잘 접은 종이를 펼치기만 하면 된다.

소가연과 그녀의 모친 한하려가 종이를 펼쳐서 허공에 펼치고 양쪽을 잡자 세필에 먹물을 듬뿍 찍은 부옥령이 진천룡을 보면서 물었다.

"뭐라고 적을까요?"

진천룡은 진중한 표정으로 말했다.

"즉시 전당강에서 장항천으로 들어오는 수로를 차단하고, 본문의 정예고수 오천은 전당강으로 달려가서 적의 군선에 불화살을 발사하며 적들이 육지에 오르는 것을 저지하고, 또 다른 본문의 정예고수 삼천은 본문을 방어하라."

그의 말에 중인들의 얼굴에 경악지색이 가득 떠올랐다.

동해에서 절강성 항주 남쪽의 전당강으로 부상국 군선 수백 척이 들어오고 있다는데 진천룡은 그들이 영웅문을 공격할 것이라고 예상하고 있지 않은가.

부옥령은 묻지 않고 그 즉시 일필휘지로 종이에 진천룡이 부른 내용을 적었다.

그녀는 순식간에 글을 적고서 세필에 먹물을 찍으며 진천룡을 쳐다보았다.

"더 없나요?"

"소소에게 독망진을 변형시켜서 본문 전체에 펼칠 수 있느냐고 물어라."

부옥령이 즉각 받아 적고 있는데 진천룡이 덧붙였다.

"독망진에 독을 풀 수 있으면 하라고 전해라. 닿는 자들은 모조리 죽여도 좋다."

스스사사삭……

부옥령이 적기를 마치고는 종이에 적힌 글씨를 공력으로 말리자 소가연이 종이를 차곡차곡 접었다.

옥소가 종이를 받아서 다시 조그맣게 돌돌 만 후에 손가락 굵기의 대롱 속에 집어넣고 한쪽을 쳐다보자 위융이 재빨리 허공을 향해 휘파람을 불었다.

삐이익!

그러자 어디선가 날갯짓 소리가 들렸다.

퍼덕……

어디선가 새 한 마리가 쏜살같이 날아와서 위융이 내민 왼손에 앉았다.

구구구……

위융은 어느새 왼손에 가죽 장갑을 끼고 있었는데 손등에 앉아서 날카롭게 눈을 번뜩이는 것은 온몸이 칠흑처럼 새카만 한 마리 흑응이었다.

옥소가 대롱을 주자 위융은 대롱을 흑응 발목에 부착되어 있는 장치에 집어넣고 잠갔다.

찰칵!

위융은 흑응의 머리를 쓰다듬으면서 고개를 숙이고 나직이 속삭였다.

"흑전(黑電)아, 집으로 가거라."

이어서 왼손을 위로 들어 올리자 흑응이 기다렸다는 듯이 밤하늘로 쏜살같이 쏘아 올랐다.

모두들 위를 올려다보는 가운데 흑응은 순식간에 하나의 점이 됐다가 잠시 후에 동쪽 하늘로 사라져 갔다.

진천룡은 밤하늘에서 시선을 거두고 중인들을 한 차례 쓸어보았다.

모두들 진천룡이 무언가 말해주기를 기다리고 있는 표정이라서 그는 고개를 끄떡이고 나서 진중하게 입을 열었다.

"내 생각이지만……."

그가 이렇게 말할 때는 확신한다는 뜻이다.

모두들 긴장한 얼굴로 진천룡을 주시했다.

"부상국이 아니라 창파영인 것 같다."

"아……."

"그럴 수가……."

부옥령을 비롯한 모두의 얼굴에 극도의 경악지색이 가득 떠올랐다.

어느 누구도 부상국 군선들의 실체가 창파영일 것이라고 막연하게나마 상상조차 한 적이 없었다.

그렇지만 막상 진천룡의 말을 듣고 보니까 군선들의 실체가 창파영일 가능성이 가장 컸다.

물론 창파영이 무엇 때문에 영웅문을 공격하는지에 대해서는 알 수가 없다.

하지만 무극애와 호천궁이 영웅문을 괴멸시키겠다고 발 벗고 나선 마당에서 창파영이 나섰다는 것은 이유 불문하고 그리 이상한 일이 아니다.

오히려 아득한 동남해 건너의 부상국이 뜬금없이 중원 정벌에 나섰다거나 아니면 전당강을 거슬러 올라서 까마득하게 험준한 회옥산을 넘어서 남창으로 진격한다는 가설이 설득력이 떨어진다.

만약 창파영이 영웅문을 공격하려는 것이 정말이라면, 진천룡이 시기적절하게 그것을 간파해 낸 것은 기적이라고 할 수가 있다.

만약 그러지 못했다면 영웅문은 아무것도 모른 채 넋 놓고 있다가 뒤통수를 맞고 말았을 것이다.

그때 조금 전에 진천룡의 명령을 받고 나갔던 마지막 보고자가 담을 날아서 넘어 곧장 달려왔다.

그는 숨이 턱에 찬 모습으로 진천룡 앞에 몸을 내던지면서 부르짖듯이 보고했다.

"항주만(杭州灣)을 지나서 조금 전에 해령현(海寧縣) 앞을 지났다고 합니다……!"

"수고했다."

진천룡은 고개를 끄떡였다.

해령현은 전당강과 항주만이 만나는 곳에 위치한 현이다. 그곳에서 항주로 들어가는 수로인 장항천까지는 사십여 리 정도의 거리다.

진천룡은 밤하늘로 시야를 던져 달을 찾았다.

그의 의도를 알아챈 부옥령이 급히 말했다.

"지금은 한창 간조(干潮:썰물) 시기예요."

전당강의 만조 즉, 밀물 때에는 산더미 같은 파도가 바다에서 강으로 밀려 들어오기 때문에 선박이든 무엇이든 일절 오갈 수가 없다.

또한 간조 때에는 어마어마하게 밀려 들어왔던 바닷물이 한꺼번에 빠져나가므로 전당강 하류는 급류 이상으로 물살이 거세기 때문에 이 역시 어떤 선박이라도 운항하지 못한다.

그렇기 때문에 지금이 간조라면 창파영의 군선 수백 척은 항주만 해령현 앞바다에서 발이 묶여 있을 것이다.

하늘이 영웅문을 돕고 있다. 그들이 꼼짝하지 못하고 있을 때 영웅문 정예고수들이 미리 전당강에 나가서 대비를 한다면 싸움은 이쪽이 훨씬 유리하게 전개될 터이다.

第百八十八章

창파영의 실체

　진천룡으로서는 영웅문의 일은 영웅문에 있는 사람들에게
맡길 수밖에 없으며, 이제는 이쪽 일을 해결해야만 한다.

　감후성을 비롯한 무극애 사람들은 무극고수들을 이끌고 돌
아오겠다면서 녹수원을 먼저 떠났다.

　종초홍을 비롯한 호천궁 사람들은 전각 안의 방에 모여서
대화를 나누고 있다.

　후호세영의 주먹코가 몹시 궁금한 표정을 지으며 종초홍에
게 물었다.

　"사매, 대체 어떻게 된 일인지 설명해 줄 수 있겠어?"

　주먹코 종방오(宗旁午)와 준수한 청년 종무교(宗武橋), 그리

고 부군사 공한부는 몹시 궁금한 표정으로 종초홍이 대답하기를 기다리고 있다.

그들로서는 궁금할 수밖에 없다. 자신들 눈앞에서 다 죽어가던 종초홍이었는데 진천룡이 안고 밖으로 나간 이후에 놀라운 일이 벌어졌다.

첫째, 십중팔구 한 시진을 넘기지 못하고 죽을 것이라고 짐작했던 종초홍이 버젓이 생생하게 살아서 돌아왔다.

둘째, 종초홍이 영웅문주인 전광신수하고 마치 연인이나 된 것처럼 다정한 사이가 되었다.

셋째, 후호세영 중에서 우두머리인 종초홍이 영웅문주에게 모든 것을 아낌없이 내보이고 있으며 또한 전폭적인 협력을 하고 있는 것처럼 보였다.

종초홍은 진천룡 생각을 하니까 저절로 얼굴 가득 미소가 떠올라서 감출 수가 없다.

종방오와 종무교, 공한부는 종초홍의 환한 미소를 보고 그녀와 영웅문주가 매우 가까운 사이가 되었을 것이라고 막연히 상상했다.

"그분은……."

종초홍은 가장 성스러운 그 무엇을 발표하는 것처럼 엄숙하고 성결한 표정을 지었다.

"천하에서 가장 완벽한 사람이에요."

세 사람은 그녀의 다음 말이 무엇인지 고대하며 참고 기다렸다.

종초홍 얼굴에 존경과 사랑과 흠모의 염이 가득 떠오르며 다음 말이 이어졌다.

"그분이 날 치료해 주셨어요."

"어떻게 그럴 수가 있지?"

"깨끗하게 치료한 거야?"

"사매, 어디 아픈 곳 없어?"

세 명이 동시에 물었다.

종초홍은 살짝 미소 지으며 세 명을 둘러보았다.

"내가 어디 달라진 것 같지 않은가요?"

그녀는 자신이 초범입성 즉, 화경의 경지에 이른 것이 겉으로 표시가 날지도 모르기 때문에 물어본 것이다.

하지만 세 남자는 이구동성 똑같은 대답을 했다.

"아… 이제 보니 사매 많이 예뻐졌어……!"

"피부가 빙기옥골(氷肌玉骨)이 되다니 무슨 일이지?"

"맙소사! 영웅문 좌호법만큼이나 아름다워졌잖아! 대체 어떻게 된 일이지?"

여자에게 최고의 찬사는 아름다워졌다는 것이다. 종초홍은 너무 기쁘고 행복해서 가슴이 터질 것만 같아 얼굴 가득 웃음이 떠올랐다.

어제까지만 해도 종초홍은 자신의 목적을 호천궁에 대한 충성으로 잡고 있었지만 지금은 달라졌다.

인생 최고의 가치가 '진천룡을 사랑하는 것'으로 바뀌었기 때문이다.

호천궁에 대한 충성은 진천룡이 하라는 대로 따를 것이기에 어떻게 될는지 미래를 예상할 수가 없다.

진천룡이 호천궁을 배신하라면 배신할 것이고, 호천궁을 적으로 삼으라면 그리할 것이다.

종초홍은 그 정도로 그를 사랑하고 있다. 그는 그녀의 생명줄이 되었다.

종초홍은 꿈을 꾸듯이 그리고 노래하듯이 말했다.

"나는 그분을 사랑하게 되었어요."

"뭐어……."

"그게 무슨……."

어떤 식으로든지 종초홍을 연모하고 있는 세 남자는 뒤통수를 얻어맞은 듯한 표정을 지었다.

종초홍은 상체를 꼿꼿하게 세우고 짐짓 엄숙한 표정을 지으면서 말했다.

"어머니께 받은 권한으로 명령하겠어요."

후호세영의 세 남자는 움찔 놀라더니 즉시 일어나서 종초홍을 향해 공손히 허리를 굽혔다.

"궁주의 명을 받듭니다."

종초홍의 얼굴과 눈에서는 예전에 없던 빛이 마치 발광체처럼 뿜어지고 있었다.

"본궁은 전적으로 영웅문을 지원할 거예요."

그녀의 표정이 너무도 완고해서 후호세영 세 남자는 한마디 대꾸도 하지 못했다.

"북쪽에서 오는 무리는 검황천문이 분명해요."

부옥령이 자르듯이 단호하게 말했다.

측근들은 모두 부옥령의 말에 동의하듯 가만히 고개를 끄떡였지만 말은 하지 않았다.

호천궁 부군사 공한부는 검황천문 태공자가 마중천의 총마령과 요천사계의 요마대랑을 대동하고 호천궁에 찾아왔었다고 말했었다.

검황천문은 여러 번에 걸쳐서 영웅문을 토벌하려고 했다가 그때마다 쓰디쓴 고배를 마셨었다.

그렇다고 해서 포기할 검황천문이 아니다. 무슨 수를 써서라도 영웅문을 괴멸시키려고 궁리에 궁리를 더한 끝에 나온 계책이라는 것이 바로 이거였다.

마중천과 요천사계를 동반하여 무극애와 호천궁을 끌어들여서 코에 손도 대지 않고 코를 풀겠다는 뜻이다.

공한부의 말에 의하면, 태공자가 호천궁주와 단둘이 독대해서는 합공으로 영웅문을 괴멸시킨 연후에 다시 힘을 모아 무극애를 공격하자고 제안했다는 것이다.

검황천문의 배후가 무극애라고 감후성이 말했었다. 그 말인

즉, 무극애가 검황천문을 만들었다는 뜻이다.

실로 놀라운 일이다. 무림의 비사는 파헤치면 파헤칠수록 신비하기 짝이 없다.

그런데 검황천문이 무극애를 괴멸시키려고 호천궁과 작당을 하고 있는 것이다.

아직 호천궁주가 대답을 하지 않았다지만 진천룡이 호천궁주라도 무극애에 대한 원한이 깊으므로 태공자의 제의에 마음이 끌릴 것이다.

부옥령이 눈을 좁히고 날카로운 안광을 뿜어냈다.

"우리가 여기에 있는 것을 검황천문이 알고 있을까요?"

옥소가 공손히 말했다.

"녹수원 안팎에 호위고수들을 매복시켰기 때문에 주군께서 여기에 계신 사실은 아무도 모를 거예요."

"잘했다, 소야."

진천룡의 칭찬에 옥소는 기쁜 미소를 지으며 얼굴을 붉혔다.

진천룡은 부옥령을 보면서 미소를 지으며 물었다.

"령아, 너는 이미 계획이 선 것이 아니냐?"

부옥령은 그를 곱게 흘겼다.

"주군은 점쟁이 같으세요."

이곳에 아무도 없었다면 부옥령은 진천룡에게 안기거나 아니면 만지면서 교태를 부렸을 것이다.

"어서 말해봐라."

부옥령은 진천룡 얼굴에서 시선을 떼지 않았다.

"우리가 남창에 온 것을 검황천문 등이 모르고 있다면 우린 모습을 바꿔서 그들이 하는 짓을 지켜볼 수 있어요."

진천룡은 그녀의 속셈을 알아차리고 환한 표정을 지었다.

"변용신공을 발휘해서 다른 사람 모습으로 변신한 후에 놈들을 맞이하자는 것이냐?"

"맞아요. 똑똑하시네요."

"떽! 이 녀석이?"

진천룡은 짐짓 눈을 부라리지만 조금도 노한 얼굴이 아니다. 오히려 친근함이 뚝뚝 묻어났다.

부옥령은 두 손의 소매를 걷으면서 진천룡을 보며 방글방글 미소 지었다.

"주군께선 누구로 변신하고 싶으신가요?"

*　　　　*　　　　*

한 마리 칠흑처럼 검은 흑응이 항주 장항천 변의 영웅문으로 내리꽂혔다.

흑응의 다리에 매달려 있는 부옥령이 친히 적은 서찰은 곧장 영웅문 외문총관 풍건에게 전해졌다.

서찰을 읽은 풍건은 자리를 박차고 벌떡 일어서며 쩌렁하게 외쳤다.

"책사와 외문이십오당 전원을 집합시켜라!"

영웅문 최초의 외문은 다섯 개 당으로 시작했으나 그 후에 팔당, 십오당으로 늘었다가 현재는 자그마치 외문이십오당으로 불어났다.

각 당 평균 정예고수가 오백 명이며, 전체 약 만삼천여 명이라는 엄청난 세력이다.

부관이 달려 나간 이후에 풍건은 단단하게 긴장된 표정으로 서찰을 다시 한번 자세히 읽어보았다.

"으음!"

두 번째 서찰을 읽은 그는 묵직한 신음을 토하며 실내를 천천히 걸었다.

현재 영웅문에는 문주는 물론이고 좌호법을 비롯한 진천룡의 측근 거의 모두가 자리를 비웠다.

진천룡과 부옥령 등 측근들은 하나같이 일당백, 아니, 일당천의 절대고수와 초극고수들이다.

그들이 영웅문에 있다면 천군만마가 아니라 옥황상제의 천군이 공격하더라도 염려할 것이 없다.

그러나 지금은 영웅문의 최고 책임자가 바로 외문총관이며 총당주인 풍건 자신이다.

그러므로 그에게 영웅문의 사활이 걸려 있다고 해도 지나친 말이 아니다.

부옥령의 서찰은 풍건에게 보낸 것이다. 그것은 그가 영웅문의 최고 책임자라는 사실을 재확인해 주는 일이다.

서찰에는 어떻게 하라는 부옥령의 지시가 빼곡하게 적혀 있어서 그대로만 하면 될 터이다.

하지만 대략적인 내용일 뿐이지 구체적이지 않아서 풍건으로서는 어떻게 해야 할지 눈앞이 캄캄해졌다.

그는 머리를 사용하는 것보다 명령을 받아서 그대로 이행하는 사람이며 또한 그러는 것을 좋아한다.

그는 과거에 강소성에서 곤산파를 운영하는 장문인이었으나 결국에는 검황천문의 수중에서 놀아나는 꼭두각시로 전락하는 비참한 신세가 됐었다.

만약 매우 적절한 시기에 진천룡이 그를 구해서 거두지 않았다면 그는 지금쯤 이 세상 사람이 아닐 것이다.

그 당시에 풍건은 검황천문 깊은 뇌옥에 갇혀서 지독한 고문을 당하여 폐인이 됐었다.

그런 상태라면 며칠을 넘기지 못하고 비참한 죽음을 당했을 텐데 진천룡이 그를 구해주었던 것이다.

그뿐 아니라 곤산파의 식솔들을 어느 누구 한 명 빼놓지 않고 다 거두어주었다.

게다가 별 능력도 없는 풍건을 영웅문의 외문총관 겸 총당주로 임명했다.

현재의 영웅문은 검황천문과 천군성에 필적할 만한 절강성의 절대자이다.

그런 어마어마한 대문파의 외문총관이며 총당주가 바로 풍건인 것이다.

그러므로 그에게 진천룡은 단지 은인이라는 말로는 설명이 부족한 존재다.

진천룡은 그에게 하늘 위의 하늘 천상천(天上天) 같은 절대신인 것이다.

"총당주님!"

그때 영웅문의 책사인 소소와 적인걸이 달려 들어왔다. 두 사람은 같이 있었던 모양이다.

"무슨 일입니까?"

소소와 적인걸이 동시에 물었다. 두 사람은 한밤중에 자신들을 소환했을 때 이미 중대한 일이 벌어졌음을 간파했었다.

"이걸 보게."

풍건은 두 사람에게 서찰을 내밀었다.

소소와 적인걸은 이마를 맞대고 서찰을 읽기 시작했다.

동쪽 하늘이 부옇게 밝아오기 시작했다.

동이 터오면서 전당강의 거센 썰물이 끝나가고 있었다.

항주만 바깥쪽에 흩어져 있던 수백 척의 군선들이 전열을 가다듬기 시작했다.

오래지 않아서 군선들에서 요란한 북소리가 터져 나왔다.

둥둥둥둥둥─!

북소리는 때론 길게 때론 짧게 이어지고 있어서 그것이 어떤 명령이라는 것을 짐작할 수가 있다.

군선은 정확하게 이백오십 척이다. 한 척의 군선에는 백 명이 타고 있으므로 전체는 무려 이만오천여 명이다.

이백오십 척의 군선들 중에서 가장 규모가 크고 삼 층의 누대와 선실까지 갖춘 푸른색의 군선이 누가 보더라도 지휘함인 것 같았다.

지휘함 삼 층 누대에는 몇 사람이 모여서 저 멀리 전당강을 응시하고 있다.

"우리가 너무 빨리 왔어요."

삼 층 누대에는 열 명이 서 있으며 세 명은 전면에 나란히, 그리고 일곱 명은 뒤쪽에 호위하듯 늘어서 있다.

방금 말한 사람은 전면의 세 명 중에서 늠름한 기상의 젊은 청년이었다.

"제대로 왔으면 오전의 만조 밀물에 맞춰서 쉽게 전당강에 진입할 수 있었을 텐데 말입니다."

그러나 청년은 전혀 아쉽거나 억울하다는 표정을 짓지 않고 말했다.

한 명의 삼십 대 미부가 단아한 색의 상의와 긴치마 차림으로 서 있으며, 청년이 오른쪽에, 앳된 소녀가 왼쪽에 서서 전면을 바라보고 있다.

　　　　　　*　　　　　　　　*　　　　　　　*

　소녀가 앵두 같은 입술을 나풀거리면서 말했다.

　"본국(本國)의 수군(水軍)들 항해술이 너무 훌륭해서 일찍 도착한 건데 누굴 나무라겠어요?"

　"그건 그렇지."

　"그런데 만조는 언제 시작하는 건가요?"

　소녀가 묻자 청년은 그녀가 더없이 귀엽다는 듯 미소로 화답하며 대답했다.

　"반시진 후란다."

　머리를 길게 땋은 소녀는 허리에 차고 있는 독특한 모양의 만월검(彎月劍)을 손으로 툭툭 치면서 종알거렸다.

　"반시진 후에는 성신도의 앞잡이라는 영웅문을 도륙하게 되는 건가요?"

　"그렇지."

　위아래 새카만 흑의 경장을 입고 있는 소녀의 나이는 십칠팔 세 정도다.

　그런데 흑의 소녀의 미모가 그야말로 경천동지할 정도다.

　천하에서 짝을 찾기 어려운 절색의 미모라는 것은 이 소녀를 가리키는 말이 분명하다.

　긴 머리카락을 하나로 묶었고, 귀밑머리를 늘어뜨렸으며, 잡티 하나 없는 순백의 살결에 보석처럼 검게 빛나는 커다란 두 눈과 알맞은 크기의 붉은 입술, 학처럼 길고 매끄러운 목을 지녔다.

평균보다 조금 큰 키와 늘씬하면서도 풍염한 몸매에 순수하면서도 호기심 가득한 표정을 짓고 있다.

드넓은 바다를 건너서 평소에 동경하던 중원에 온 소녀는 많이 들뜬 상태다.

"영웅문에서는 우리가 온 줄 모르겠지요?"

소녀의 오빠인 청년이 보기 좋은 미소를 지으며 저 멀리 강을 응시했다.

"모를 거야. 그러나 그들이 설혹 안다고 해도 달라지는 것은 없어."

소녀가 영특하게 말했다.

"우리가 너무 강하기 때문이겠지요?"

"미미(美美)는 모르는 게 없구나. 정말 총명해."

"헤헤… 고마워요."

소녀 미미는 부끄러운지 혀를 날름 내미는데 그 모습이 무엇과도 비교할 수 없을 만큼 귀여웠다.

그때 삼십 대 여인이 먼 곳을 보면서 조용한 목소리로 입을 열었다.

"수(秀)야, 준비는 끝냈느냐?"

청년은 공손히 고개를 숙였다.

"네, 어머니. 군선이 뭍에 닿는 즉시 고수들이 영웅문을 향해 전력으로 진격할 겁니다."

여인은 겉으로 보기에 삼십 대 초반의 나이인데 사실은 청년과 소녀의 모친이었다.

갸름한 얼굴에 눈이 매우 크고 코가 오뚝한 여인의 눈이 좁아지며 차가운 중얼거림을 흘렸다.

"성신도와 조금이라도 인연을 맺은 것들은 절대로 용서할 수가 없다……!"

청년 소가화(蘇加華)와 소녀 소미미(蘇美美)는 공손한 자세로 듣기만 했다.

소가화와 소미미 남매는 모친이, 아니, 자신들 소가 일족이 성신도와 무극애에 얼마나 깊고도 큰 원한을 품고 있는지 너무도 잘 알고 있었다.

여인 소정원(蘇靜苑)은 자신들의 소가 일족이 수백 년 전에 중원을 떠나와 망망대해 한가운데 떠 있는 섬에 터를 잡을 수밖에 없었던 전대비사를 잘 알고 있다.

"반시진 후면 영웅문은 괴멸할 것이다……!"

"어머니."

소가화가 조심스럽게 모친을 불렀다.

"왜 그러느냐?"

이십 대 중반의 소가화 모친이라면 아무리 젊어도 사십 대는 됐을 텐데 삼십 대 초반으로 보인다는 것은 그녀의 무공이 최소한 삼화취정 이상의 경지에 이르렀다는 뜻이다.

소가화는 얼굴에 보일 듯 말 듯 미소를 지으며 말했다.

"영웅문을 괴멸시킨 후에 아예 성신도와 무극애까지 괴멸시키는 게 어떻겠습니까?"

소정원은 대답하지 않았다. 아들의 물음이 대답할 가치가 없어서가 아니라 그것에 대해서 일단 가능성을 내심으로 계산해 보려는 것이다.

그녀는 이번에 자신들이 보유한 전체 세력의 삼분지 일을 이끌고 왔다.

세상에서는 그녀가 온 곳을 창파영이라고 부르지만 구체적으로 실상을 알고 있는 사람은 아무도 없다.

소정원은 천하사대비역 중에서 자신들 창파영의 세력이 가장 클 것이라고 확신하고 있다.

창파영의 시조는 대륙에서 천무동과 본부인 화씨 일족의 씨를 말리는 것이 창파영의 영원한 숙원이자 대업이라고 못을 박았었다.

물론 창파영을 세운 시조는 천무동주의 두 명의 첩 중 한 명이었다.

소정원은 잠시 생각한 후에 착 가라앉은 목소리로 말문을 열었다.

"그것은 영웅문을 괴멸시킨 후에 논하도록 하자꾸나."

이들 세 사람은 자신들이 영웅문을 괴멸시키는 것을 따놓은 당상이라고 여기는 듯했다.

하기야 이만오천 명이라는 어마어마한 인원의 고수들, 아니, 대군(大軍)을 이끌고 왔기 때문에 기고만장하는 것이 지나친 비약은 아니다.

소정원은 우아한 동작으로 고개를 돌려서 뒤쪽 아득한 먼 바다 끝에서 시뻘건 태양이 솟구치는 것을 보았다.

그녀는 고개를 돌려 다시 강을 보면서 말했다.

"일 각 남았다. 진격 준비하라."

소가화는 즉시 뒤돌아보며 명령했다.

"총대영(總大瀛)."

뒤쪽에 늘어선 사람은 일곱 명인데 다섯 명은 오른쪽에, 두 명은 왼쪽에 서 있다.

"하명하십시오, 소영주님."

왼쪽의 마치 장군 같은 옷차림에 번쩍거리는 투구와 갑옷까지 착용한 오십 대 사내가 깊숙이 허리를 굽혔다.

소가화는 장군 복장의 인물 창파영의 총대영에게 묵직하게 명령했다.

"진격대형이다."

창파영의 전 고수와 전군(全軍)을 지휘하는 총대영은 즉시 옆의 부장(副長)에게 명령했다.

"비격진천형(飛檄震天形)으로 대오를 정비하라."

"넵!"

부장은 우렁차게 대답하고 목에 걸고 있는 작은 소고(小鼓)를 손끝으로 두드렸다.

당당당당당—!

소고의 북소리는 때로는 짧다가 때로는 길게, 그러다가 뚝 끊어진 후에 다시 빠르게 울려 퍼졌다.

세 호흡쯤 뒤에 마치 까마득한 허공에서 울리는 것 같은 북소리가 은은하게 들려왔다.

둥둥둥둥둥둥—!

후방 몇 척의 배에서 큰 북을 두드리는데 아마 비격진천형의 진격 명령인 듯했다.

둥둥둥둥둥둥—!

그에 따라서 항주만에 깨알처럼 떠 있는 이백오십 척의 군선들이 노를 저어 대오를 정렬했다.

소가화와 소미미는 전방의 전당강 하구를 눈도 깜빡이지 않고 뚫어지게 주시했다.

전당강에 늦가을의 아침 햇살이 따사롭게 비추기 시작했다.

지금 전당강에는 단 한 척의 배도 오가고 있지 않았다.

평소 전당강은 절강성 북부 지역의 거의 모든 물산(物産)을 배로 운반하는 중요한 수로 역할을 해왔었다.

그래서 지금 같은 새 아침에는 폭이 백오십여 장이나 되는 드넓은 전당강 하구를 크고 작은 수백 척의 배들이 가득 메우고 있어야 한다.

그런데도 배가 한 척도 보이지 않는 것은 전당강 위쪽에서 영웅문 고수들이 통제를 하고 있기 때문이다.

전당강 하구 항주만에서는 창파영이 전당강으로 진입하려는 배들을 모조리 막고 있었다.

서로 약속한 것은 아니지만 전당강 상류에서는 영웅문이, 하류에서는 창파영이 수많은 배들의 통행을 막고 있는 것이다.

그때 항주 성내에서 흘러나와 오 리 정도를 흐르다가 전당강으로 합류하는 창항천에서 배들이 소리 없이 전당강으로 흘러나오기 시작했다.

한 척… 열 척… 백여 척…….

크고 작은 배들은 도합 이백여 척에 이르렀으며, 짧은 시간에 전당강 전역으로 좍 퍼졌다.

그러더니 천천히 하류 즉, 바다 쪽을 향해 느릿하게 나아가기 시작했다.

이백여 척 배들은 각양각색의 모습이었으며 한눈에도 상선처럼 보였다.

바다에서 전당강으로 진입하려는 배들은 창파영에서 막았다고 해도, 전당강에서 바다로 나가는 배들이 보이지 않는다면 분명히 창파영이 의심을 할 것이다.

그래서 영웅문은 전당강 위쪽에서 내려오는 상선들을 모두 통제하고는 영웅문의 배들과 근처 포구의 상선들을 징발하여 하구로 내려보낸 것이다.

항주에서 전당강 하류 십오 리 지점 강가에 경교(景橋)라는 포구가 있다.

위쪽에서 바다를 향해 나아가던 크고 작은 상선들의 선두가 경교에 이르렀을 때 하류 쪽에서 거대한 군선들이 웅장한 위용을 드러냈다.

북소리는 들리지 않았다. 다만 전당강 하구의 거친 물살을 헤치면서 작은 산만 한 군선들이 여러 개의 돛을 활짝 펼친 채 밀려들고 있었다.

전당강 하구의 폭이 매우 넓었지만 군선들은 세 줄 정도로 폭을 좁게 유지한 채 강물을 가르고 있었다.

군선들이 좁은 폭으로 항진하는 것을 비격진천형 즉, 진격대형이라고 한다.

그러다가 적과 맞닥뜨려서 싸울 때나 육지에 상륙할 때에는 학이 날개를 펼친 것처럼 좍 펼쳐져서 돌진하게 된다.

쿠우우우!

이백오십여 척의 군선들은 세 척씩 삼열 종대(縱隊)를 이룬 채 전당강 한복판을 거슬러 올랐다.

그때 강 위쪽에서 내려오는 크고 작은 상선들이 군선의 양쪽으로 갈라졌다.

상선들이 군선하고 정면으로 충돌한다는 것은 말도 안 되니까 그냥 자연스럽게 갈라지는 것이다.

군선들에서는 자신들의 좌우로 갈라져서 지나가는 상선들

을 조금도 신경 쓰지 않았다.

장항천과 전당강이 합류하는 곳 양쪽에는 무성한 갈대밭이 넓게 펼쳐져 있다.

갈대밭 안쪽 평평한 곳에 풍건과 몇 명의 측근들이 모여서 앉아 있다.

스사사사—

그때 전령 한 명이 갈대숲을 헤치며 빠르게 달려와서 허리를 굽히며 보고했다.

"적들이 경교를 지나고 있습니다."

풍건이 엄숙한 얼굴로 물었다.

"군선이 몇 척이냐?"

"이백오십 척입니다. 한 척에 백삼십 명쯤 탔을 것이라고 예상한답니다."

측근 한 명이 빠르고 진지하게 말했다.

"선부(船夫) 삼십여 명을 빼면 한 척당 백여 명의 고수나 군사가 탔다는 뜻입니다."

다른 측근이 말을 이었다.

"백 명씩 이백오십 척의 군선이면 이만오천 명입니다. 굉장하군요."

그렇게 말한 측근이나 다른 측근들 모두 질린 듯한 표정을 지었다.

이백오십 척의 군선을 상대하려고 풍건은 영웅문에서 오천 명의 정예군사를 이끌고 나왔다.

부옥령이 보낸 서찰에 그렇게 하라고 적혀 있었으며, 풍건 자신도 그것으로 충분하다고 판단했다.

측근들은 질린 표정이지만 풍건만은 초연했다. 그는 잔잔한 목소리로 말했다.

"칼자루는 우리가 쥐고 있다. 무슨 뜻인지 아느냐?"

그가 주위를 둘러보자 아무도 대답하지 않았다. 측근들 중 에 소소가 앉아 있었으나 그는 엷은 미소만 지을 뿐 대답하지 않았다. 이 모든 작전계획을 자신이 짰으므로 그가 모를 리가 없기 때문이다.

측근들이 침묵을 지킬 때 풍건은 가볍게 고개를 끄떡이면서 말했다.

"우린 육지에 있고, 적들은 강에 있다."

그 말인즉, 우리는 자유롭게 움직일 수 있지만 적들은 운신 의 폭이 좁다는 뜻이다.

풍건은 전령에게 단호한 얼굴로 명령했다.

"배가 군선의 끝에 도달하는 즉시 화공(火攻)을 개시하라고 전해라."

"명을 전하겠습니다."

전령은 허리를 굽히고는 바람처럼 갈대숲 속으로 사라졌다.

군선의 중간쯤에 가장 큰 흑선인 지휘함이 항진하고 있다.

그 지휘함에는 창파영주인 소정원과 소가화, 소미미 등이 타고 있다.

소정원 일행은 오른쪽의 작은 포구를 쳐다보았다.

호위고수 한 명이 책자를 펼쳐보면서 설명했다.

"경교라는 포구입니다. 항주로 들어가는 장항천까지는 십오 리 남았습니다."

소가화의 얼굴에 자신만만한 미소가 퍼졌다.

"좋아."

소미미는 들뜬 듯 발을 동동 굴렀다.

"오라버니, 소녀가 선두를 맡을게요."

소가화는 빙그레 미소 지었다.

"내 옆에서 떨어져서는 안 된다."

"알았어요."

소미미는 종달새처럼 노래했다.

第百八十九章

지옥의 전투

　이백오십 척의 군선 양쪽에 크고 작은 상선들이 줄지어서 지나치고 있다.

　바다로 향하고 있는 긴 행렬의 상선들의 선두가 이윽고 군선 가장 끝에 이르렀을 때 갑자기 어디선가 웅장한 고동 소리가 울려 퍼졌다.

　뿌우우우—!

　평상시에 상선들이 이따금 북을 두드리거나 고동을 불기도 하기 때문에 군선에서는 이상하게 여기지 않았다.

　그러자 수백 척 상선의 선실이나 움막 안에서 재빠르게 사람들이 튀어나왔다.

큰 배에는 수십 명, 작은 배에는 대여섯 명이 나와서 군선 쪽을 향해 일사불란하게 일렬로 늘어섰다.

그런데 놀랍게도 그들의 손에는 하나같이 불화살이 쥐어져 있는 것이 아닌가.

군선의 고수들은 잠시 후에 상륙할 것이기에 모두 앞쪽 갑판에 정렬하여 정면을 주시하고 있는 탓에 자신들을 향해 겨누어진 수백 자루의 불화살을 보지 못했다.

상선들이 군선과 삼십여 장이나 멀리 떨어져 있기 때문에 고개를 돌려서 보지 않는 한 불화살을 보기가 어렵다.

뿌우우우—!

또 한 번의 고동 소리가 길게 울렸다.

그것을 신호로 다음 순간 수백 발의 불화살들이 일제히 발사됐다.

투아앙!

수백 발의 화전이 동시에 발사되는 소리가 허공을 쟁쟁하게 떨어 울렸다.

군선의 사람들은 그제야 놀라서 무슨 소리인가 싶어 급히 주위를 둘러보았다.

그러고는 하늘을 시뻘겋게 뒤덮은 채 군선들을 향해 소나기처럼 쏟아져 오는 불화살들을 발견했다.

군선의 고수들과 선부들은 소스라치게 놀라서 이리 뛰고 저리 뛰며 고함을 질러댔다.

"아앗!"

"화전이다!"

"와앗! 막아라!"

그러나 불화살에 대해서 사전에 전혀 대비하지 않았던 군선들이 그것을 막을 리가 없다.

하늘이 온통 불타고 있는 것처럼 쏟아져 오는 불화살 더미를 그저 속수무책 쳐다보기만 할 뿐이다.

제궤의혈(堤潰蟻穴), 개미가 뚫은 구멍에 거대한 제방이 무너진다고 하지 않은가.

불화살이 별것 아닌 것 같지만 군선을 잿더미로 만들 수도 있는 일이다.

불화살들이 군선에 꽂히기 전에 수백 척의 상선들이 두 번째 불화살을 발사했다.

투타아앙!

뒤이어서 수백 발의 화전들이 군선에 꽂혔다.

타타타탁탁탁!

수백 척의 배에서는 연속적으로 불화살이 발사됐다.

투아앙!

군선의 지휘자들은 선실이나 배의 옆구리에 꽂힌 불화살을 가리키며 바락바락 악을 썼다.

"어서 화전을 뽑아라!"

그러자 고수들은 불화살을 뽑기 위해서 바쁘게 이리저리 몸을 날렸다.

타타타타탁!

그러나 고수들이 한두 개를 뽑을 때 불화살은 대여섯 개씩 한꺼번에 날아와서 꽂혔다.

도저히 막거나 뽑을 수 있는 상황이 아니다. 어떤 고수는 불화살을 뽑으려다가 오히려 불화살에 꽂히는 신세가 돼버리기도 했다.

상선들에서는 쉬지 않고 불화살을 발사했다. 열 호흡 동안 이미 이십 발 이상 쏘아 보냈다.

그런데도 쉬지 않고 연속적으로 불화살을 날렸다. 원래의 계획은 한 사람당 삼십 발씩 발사하는 것이다.

군선 한 척당 평균 오백 발 이상의 불화살이 꽂혀서 순식간에 불길에 휩싸였다.

군선의 고수들은 상선을 가리키며 악을 썼다.

"저기다! 저놈들을 죽여라!"

그러나 군선에서 상선까지의 거리는 무려 삼십여 장이며 그것도 땅이 아니라 수면 위다.

보통 삼 장에서 오 장을 날아가도 특급 일류고수라고 하는데 삼십여 장을 날아간다는 것은 어불성설이다.

투아앙—!

상선들이 삼십 발째의 불화살을 발사했다.

그때 어느 군선에서 한 명이 강 쪽으로 번쩍 튀어 올랐다.

타앗!

그는 한 명의 장포를 입은 고수인데 옷자락을 펄럭이면서 상선들을 향해 포물선을 그으며 날아갔다.

그는 창파영 내에서 스무 손가락 안에 꼽히는 고수로서 네 명의 대영(大瀛) 중 한 명이다.

창파영의 대장군 격인 총대영 아래에 네 명의 장군급 대영이 있다.

그의 뒤를 따라서 세 명이 군선에서 솟구쳐 올라 상선으로 쏘아가는데 그들 역시 대영들이다.

네 명의 대영은 절정고수 수준으로 한 번 도약에 십오륙 장을 너끈히 날아갈 수 있다.

그들은 중간에서 공력이 달려 아래로 비스듬히 하강할 때 재빨리 검을 뽑아서 발아래 쪽으로 뻗었다가 그것을 밟고 다시 허공으로 도약하며 상선으로 쏘아갔다.

네 명의 대영은 모두 한쪽 방향, 그러니까 항주 쪽이 아니라 반대쪽으로 날아가고 있다.

그들은 두 번째 검을 박차고 솟구쳤다가 각자 한 척씩의 상선을 목표로 삼았다.

그들이 표적으로 삼은 상선은 다른 배들보다 컸고 평균 사오십 명의 궁수들이 불화살을 발사하고 있었다.

창파영의 대영들은 작은 배보다는 큰 배를 깡그리 작살내겠다는 생각을 품었다.

하지만 그것이 그들의 착각이었다. 큰 배에는 많은 궁수들이 타고 있으며, 그들이 불화살의 표적을 군선에서 자신들로 바꿀 경우에 꼼짝없이 당할 수밖에 없다는 사실을 미처 생각하지 못했다.

네 명의 대영이 한 척씩의 상선을 표적으로 삼아 쏘아가고 있을 때, 그들이 표적으로 삼은 네 척의 상선에 있는 평균 사십오 명씩의 궁수들이 팽팽하게 활시위를 당겼다가 일제히 그들을 향해 불화살을 발사했다.

투타아앙!

끈끈한 송진 기름을 듬뿍 묻힌 솜방망이에 맹렬하게 불이 붙은 불화살이기에 발사할 때 불꽃이 날리면서 기이한 파공음과 냄새를 발생시킨다.

아무리 절정고수라고 해도 허공에 떠 있는 상태, 그나마 두 번째 검을 발끝으로 박차고 솟구쳤기에 공력이 많이 허비된 상황이다.

그러다가 자신들 각자에게 쏘아오는 사십오 발의 불화살을 보고 아연실색하고 말았다.

콰아아앗!

네 명의 대영은 자신들을 향해 쏘아오는 평균 사십오 발의 불화살들을 막거나 피하기 위해서 미친 듯이 검을 휘두르며 춤을 추는 것처럼 몸을 이리저리 움직여야만 했다.

투아아앙!

그러나 불화살은 그게 전부가 아니라 시작일 뿐이다. 두 번째로 사십오 발씩의 불화살이 또다시 힘차게 발사되었으며, 근처 다른 상선에서도 네 명의 대영을 향해 소나기처럼 불화살을 퍼부었다.

차차차창! 타타타탁!

네 명의 대영은 손이 보이지 않을 정도로 풍차처럼 검을 휘둘러 불화살을 막느라 정신이 없다.

지금 이런 상황에서는 절정고수 수준으로는 오래 버티는 것이 어렵다.

먼저 첫째로, 삼십여 장이라는 먼 거리를 날아서 이동해야만 했다.

둘째, 소나기처럼 쏟아지는 불화살들을 막으려면 호신막을 발휘해야 했다.

셋째, 상선에 내려서 궁수들을 죽여야 하는데 그것은 결코 여의치가 않은 일이었다.

그 세 가지를 한꺼번에 다 해내려면 초극고수 수준은 돼야만 할 터이다.

그렇더라도 관건은 상선의 궁수들이 쏘아대는 수백 발의 불화살이다.

그것을 막아내야지만 상선에 도달하여 궁수들을 죽일 수가 있을 것이다.

결국 네 명의 대영은 상선까지 이르지 못하고 십여 장을 남겨둔 채 앞다투어 강에 떨어졌다.

풍덩! 첨벙!

상선의 궁수들은 강물에 빠진 네 명의 대영을 향해 일제히 불화살을 발사했다.

투아아앙!

물에 빠졌을 때에는 운신의 폭이 절반의 절반으로 줄어들기 때문에 허공에서처럼 불화살 더미를 감당하기가 어렵다.

네 명의 대영은 크게 당황해서 수중의 검을 휘둘러 불화살을 퉁겨냈다.

파파파아앗!

머리만 내놓고 몸이 물속에 잠긴 상태에서 팔과 검이 제대로 움직일 리가 없다.

네 명 중에 둘은 재빨리 강물 속으로 잠수했고, 두 명은 허공으로 떠오르며 검을 휘둘렀다.

피잇! 피웃! 피잉!

강물 속으로 깊이 잠수하는 두 명의 대영 주위로 불화살들이 소나기처럼 쏟아졌다.

물속이라고 하지만 가까운 거리라서 불화살의 속도와 세기는 맹렬했다.

두 명의 대영은 아래로 비스듬히 잠수를 하고 있어서 불화살을 피하거나 막을 수 없는 상황이다.

퍼퍼퍽!

그래서 두 명의 대영 몸에 몇 발의 불화살이 쑤셔 박혔다.

그래도 그들은 이를 악물고 팔다리를 휘둘러 더욱 깊이 강물 속으로 하강했다.

네 명 중에 허공으로 떠오른 두 명은 더욱 비참했다.

콰콰아아앗!

오류 장 거리에서 쏟아져 오는 소나기 같은 불화살 수백 발을 단 두 명이 고스란히 감당해야만 하기 때문이다.

이들도 호신막 흉내 정도는 낼 수 있지만 기진맥진한 현재는 호신막이 아니라 허공에 떠 있을 힘조차 없다.

그런데 수백 발의 불화살들을 막는다는 것은 꿈도 꿀 수 없는 일이다.

그중 한 명이 아차 하는 사이에 벌집이 됐다.

퍼퍼퍼퍽!

"흐악!"

불화살 삼십여 발이 그의 온몸에 마구잡이로 꽂혔다.

그가 고통을 느낄 새도 없이 뒤이어 수백 발의 불화살이 더 꽂혔다.

그리고 움찔 놀라서 쳐다보는 또 한 명의 대영 역시 순식간에 고슴도치가 되었다.

퍼퍼퍼퍼퍽!

"크악!"

풍덩!

실체를 알아볼 수 없을 정도로 수백 발의 불화살이 촘촘히 꽂힌 두 개의 물체가 강물에 떨어지며 출렁거렸다.

화르르륵!

두 개의 물체는 수면에서 맹렬한 불길에 휩싸였다. 송진 기름은 물에서 풀어지지 않으므로 주위 오 장여 일대가 온통 불바다가 되었다.

강물 속으로 잠수해서 도망친 두 명은 군선 가까운 곳에서 수면으로 떠올랐다.

그들은 살긴 살았지만 몸 서너 군데에 화살이 꽂혀 있으며, 불화살이 아직도 꺼지지 않아서 치직거리면서 살을 태우고 있었다.

두 명의 대영은 간신히 목숨을 건졌으나 군선으로 올라갈 수 없는 상황이다.

이백오십 척의 순선 전체가 불길에 휩싸여서 거세게 타오르고 있었기 때문이다.

불길에 휩싸인 군선에서 고수들과 선부들이 한데 섞여서 줄기차게 강물로 뛰어내렸다.

배에 남아 있다가 통구이가 되려는 정신 나간 사람은 없으므로 거의 모두 강물로 몸을 던졌다.

그때부터는 수백 척 상선의 궁수들이 물에서 허우적거리는 창파영 고수들에게 무차별 불화살을 쏴댔다.

그냥 화살이 아니라 불화살을 쏘는 이유는 창파영 고수들을 깡그리 불태워 죽이려는 의도다.

그래서 한편으로는 상선과 강변에서 강에 어마어마한 양의 기름을 쏟아부었다.

강 상류와 하류 양쪽 오 리 이내 전체가 불바다가 되고 있을 때 지옥의 불바다를 벗어난 상선들은 빙 돌아서 육지에 뱃머리를 댔다.

"크아악!"

"뜨거워ー! 살려줘ー!"

"끄아악!"

강에서는 처절하게 애끓는 비명이 어지럽게 쏟아져 나왔다.

강에는 마치 밥에 물을 말아놓은 것처럼 사람들의 머리가 동동 떠서 바글거렸다.

그런 상황에 수면이 온통 불바다가 되어 있으므로 사람들은 살기 위해서 물속으로 잠수해야만 했다.

하지만 인간이란, 아니, 모든 동물들은 물속에서는 절대로 살 수가 없다.

귀식대법을 전개해서 반시체처럼 강물 속을 둥둥 흘러가고 싶지 않다면, 숨을 참는 데도 한계가 있다.

그러나 수면으로 올라갈 수가 없다. 물속에서 위를 올려다보면 수면은 온통 지옥 같은 불구덩이다. 저기에 올라간다는 것은 죽는 길뿐이다.

그렇다고 언제까지 수중에서 숨을 참고 있을 수는 없다. 그래서 창파영 고수들은 두 가지 길을 선택했다.

하나는 귀식대법을 전개해서 물속에서 하류로 흘러가는 것이고, 또 하나는 강변으로 향해서 육지로 기어오르는 것이다.

*　　　　　*　　　　　*

그러나 강변으로 기어오르는 것도 현명한 방법이라고 할 수가 없다.

쐐애애액!

강둑 위에 늘어선 수천 명의 궁수들이 강 아래를 향해 무차별 화살을 발사하고 있기 때문이다.

"흐아악!"

이곳 전당강 하류 기수역(汽水域)에는 지금 오로지 하나의 기운만 흐르고 있다.

그것은 죽음의 기운이다. 강이 부글부글 끓고 살과 뼈가 타는 냄새가 진동했다.

이곳엔 아무도 오지 않았다. 영웅문이 철저하게 통제했기 때문이다.

소정원은 참담한 표정으로 눈앞에 펼쳐진 지옥도의 광경을 바라보며 중얼거렸다.

"아아… 이게 다 무슨 일이라는 말이냐……."

소정원과 소가화, 소미미는 맹렬하게 불타고 있는 지휘함 누대에 나란히 서서 절망에 빠져 있었다.

지휘함도 불길에 휩싸여 있기는 마찬가지이며 그들이 서 있는 선실 삼 층 바로 아래까지 거센 불길이 사나운 혓바닥을 날름거리고 있다.

뒤에 서 있는 총대영이 다급하게 외쳤다.

"영주님! 당장 탈출해야 합니다! 이곳은 곧 불길에 휩싸일 것입니다!"

화르르!

총대영의 말이 끝나기 무섭게 누대 바닥 전체에 확! 하고 불길이 번졌다.

"아앗!"

"어머니! 어서 피해야 합니다!"

소미미가 다급한 비명을 지르고, 소가화는 모친 소정원에게 절규하듯이 외쳤다.

그러나 지금 이 상황이 믿어지지 않는 소정원은 여전히 충격에서 헤어나지 못하고 있는 중이다.

소가화가 소정원의 팔을 잡았다.

"어머니! 정신 차리세요!"

"화야… 나는……."

소정원의 눈빛이 심하게 마구 흔들리는 것을 보고 소가화는 모친이 예상했던 것보다 더 큰 충격을 받았다는 사실을 깨달았다.

이번에 이끌고 온 이만오천여 명의 고수들은 창파영 전체 전력의 절반에 해당한다.

그 정도면 영웅문만이 아니라 천하삼대비역을 깡그리 괴멸시키고도 남을 것이라는 예상에 창파영 사람 어느 누구도 의심하지 않았었다.

그런데 너무나 어이없게도 영웅문을 코앞에 둔 상황에서 영웅문을 공격해 보지도 못한 채 전멸, 그렇다. 말 그대로 전멸을 당하고 있는 것이니 얼마나 원통하고 억울하겠는가.

"어머니!"

소가화와 소미미가 소정원의 양팔을 잡고 다급하게 허공으로 솟구쳤다.

화르릉!

다음 순간 그들이 서 있던 곳이 거센 불길에 휩싸였다. 잠시만 지체했더라면 화마에 휩쓸리고 말았을 것이다.

쏴아아!

허공 칠팔 장 높이까지 솟구친 소가화는 재빨리 주위를 둘러보면서 어디로 갈 것인가 가늠해 보았다.

가장 가까운 곳은 항주 쪽 강변이며 십오륙 장 거리다. 그런데 그곳에는 수천 명의 궁수들이 강변에 상륙하거나 강둑을 기어오르고 있는 창파영 고수들에게 빗발치듯이 화살을 쏟아붓고 있는 중이다.

뒤쪽 강 건너는 오십여 장 거리다. 아니, 수면과 군선들이 온통 불바다라서 강 건너는 잘 보이지 않았다.

한 가지 분명한 것은 그쪽으로 가는 것은 지옥의 지름길이라는 사실이었다.

강 하류 쪽으로 가는 것은 여의치 않다. 소정원 일행이 탄 지휘선은 군선들의 선두 쪽에 있었기 때문에 후미 쪽으로 군선 이백수십 척이 불타고 있다.

더구나 거리가 오 리에 달하기 때문에 그쪽으로 가는 것은 불구덩이로 뛰어드는 것이다.

그렇다고 해서 궁수 수천 명이 창파영 고수들을 화살로 쏴 죽이며 도륙하고 있는 곳으로 갈 수는 없다.

그렇다면 길은 하나. 상류 쪽으로 가는 것뿐이다. 상류로 가다가 아비규환을 벗어나서 뭍으로 올라가면 될 터이다.

소가화는 결정을 내리자마자 강 상류 쪽으로 방향을 틀어 쏘아가기 시작했다.

그 뒤를 총대영과 세 명의 호위고수가 그림자처럼 따랐다.

풍건은 장항천과 전당강의 합류지점 강둑에 우뚝 서서 눈앞의 불바다 지옥도를 응시하고 있다.

외문십오당 중에 대승당 당주인 고범이 달려오더니 풍건에게 정중히 예를 취했다.

"총당주."

"어찌 돼가고 있느냐?"

"적은 거의 전멸입니다."

풍건은 미간을 좁혔다.

"거의?"

"팔 할이 불에 타거나 화살에 맞아 전멸했으며 이 할은 투항했습니다."

풍건은 조금 만족한 듯한 표정을 지으며 고개를 끄떡였다.

"몇 명이나 되는 것 같으냐?"

올해 삼십 세가 된 고아한 유생 풍모의 고범은 잠시 머릿속으로 계산하고 나서 대답했다.

"이만 명 이상 죽은 것 같습니다. 그리고 투항한 자들이 삼천여 명입니다."

풍건은 조금 놀라는 표정을 지으며 물었다.

"그렇게 많다는 말이냐?"

"그렇습니다."

"어떻게 해서 그런 계산이 나왔지?"

고범은 강에서 불타고 있는 군선들을 가리키며 설명했다.

"적의 군선 수가 이백오십여 척쯤 됩니다. 한 척당 백여 명이 탔을 것이라고 추정하면 전체 이만오천 명입니다. 계산이 틀린다고 해도 이삼천 명 많거나 적을 겁니다."

풍건은 적잖이 감탄하는 표정을 지었다.

"호오… 영리하군."

그때 풍건은 강의 불구덩이 속에서 무언가 튀어나와 강 상류로 쏘아가는 것을 발견하고 그쪽을 쳐다보았다.

"저것은……."

고범도 같은 방향을 보면서 중얼거렸다.

"누가 탈출하는 것 같습니다. 즉시 추격시키겠습니다."

"아냐."

풍건은 그쪽에 시선을 고정시킨 상태에서 손을 내저으며 말을 이었다.

"저들은 초극고수다. 우두머리 일행인 것 같다."

고범은 다시 자세히 보더니 고개를 끄떡였다.

"그런 것 같습니다."

그들은 네 명인데 최상승의 경공술을 전개하여 이미 이십여 장을 날아가고 있는 중이다.

그 정도를 전개한다면 초극고수가 분명하고 또한 지휘자일 가능성이 크다.

풍건은 입가에 회심의 미소를 지었다.

"고 당주, 당주와 부당주들을 소집해서 나를 따르게."

"알겠습니다."

소가화 일행은 최상승 경공술인 초상비 수법으로 비행하다가 힘이 떨어지면 검으로 수면을 강하게 후려쳐서 다시 떠올라 비행하기를 반복했다.

그들은 지옥이 돼버린 불바다에서 상류로 오백 장 이상 쏘아간 이후에 항주 쪽 강가에 올랐다.

"허억……! 허헉……!"

"하악! 하아아……."

소가화와 소미미, 총대영은 기진맥진해서 강가 풀밭에 쓰러져 거칠게 헐떡거렸다.

오백여 장 이상 전력을 다해서 비행했으므로 기력이 완전히 고갈돼 버린 상태다.

더구나 정신이 나가 버린 소정원을 소가화와 소미미가 양쪽에서 붙잡고 비행했기 때문에 더욱 피로가 가중됐다.

강둑 아래쪽에 우두커니 서 있는 소정원은 저 아래 하류가 온통 시뻘겋게 불타고 있는 광경을 멍한 표정으로 바라보고 있었다.

"화야, 저게 우리 창파영의 군선들이냐……?"

그녀의 정신은 조금씩 현실로 돌아오기 시작했다.

주저앉아 있는 소가화는 아래쪽을 쳐다보면서 어두운 얼굴로 착잡하게 대답했다.

"그렇습니다, 어머니."

소정원 얼굴에 놀라움이 파도처럼 일렁거렸다.

"본영의 고수들이 모두 불타 죽었다는 말이냐……?"

"……."

소가화는 차마 대답하지 못하고 고개를 푹 숙였다.

소정원은 두리번거리다가 총대영을 발견하고 그에게 물었다.

"총대영, 어찌 된 것인지 말해라."

"영주님……."

"아아… 내가 한동안 정신이 나갔었던 모양이다. 아무것도 기억이 나지 않는구나… 어서 말해다오. 본영의 고수들은 어찌 됐느냐?"

총대영은 비분강개하여 굵은 눈물을 흘리면서 울먹거리며 대답했다.

"본영의 고수들은 모두… 불구덩이 속에서 죽었습니다……."

"설마……."

소정원의 얼굴이 해쓱해졌다. 그녀는 다시 저 멀리 온통 시뻘건 불바다를 보면서 주르륵 눈물을 흘렸다.

"맙소사… 본영의 수하 이만오천여 명이 저기 저 불구덩이 속에서 몰살당하다니……."

그녀는 두 손으로 자신의 머리카락을 쥐어뜯었다.

"으흐흑……! 상전을 잘못 만나서 죄 없는 너희들이 저 뜨거운 불구덩이 속에서 죽었구나……."

심성이 여리고 순수한 소정원은 몸부림치다가 강둑 위에 주욱 늘어서 있는 고수들을 발견하고 뚝 동작을 멈추었다.

그녀는 두 눈에서 새파란 독기를 뿜어내며 차갑게 내뱉었다.

"너희들은 무엇이냐?"

강둑 위에 늘어서 있는 삼십여 명 중에 한 명이 웅혼한 목소리로 대답했다.

"우리는 영웅문 사람들이오. 그대들은 이곳으로 올라와서 순순히 굴복하시오."

"닥쳐라!"

조금 전에 슬픔과 절망에 빠졌던 소정원은 그것들을 한꺼번에 분노로 전환시켰다.

그녀는 누가 말릴 새도 없이 번쩍! 신형을 날려 강둑 위로 쏘아 오르며 앙칼지게 외쳤다.

슈우욱!

"이놈들! 누가 우두머리냐? 나서라!"

소가화와 소미미, 총대영은 깜짝 놀라며 다급히 외쳤다.

"어머니!"

"영주님!"

강둑 위에 우뚝 서 있는 풍건은 아래에 있는 세 명의 외침을 듣고는 강둑 위로 쏘아 오르고 있는 여자가 누군지 즉시 알아차렸다.

풍건은 주위에 포진해 있는 삼십 명의 외문십오당 당주와 부당주들에게 전음으로 명령했다.

[상대는 창파영의 영주다! 무슨 수를 써서라도 반드시 제압해야 한다!]

차차창!

삼십 명의 당주와 부당주들은 일제히 도검을 뽑았다.

이들 삼십 명은 진천룡이 진작에 임독양맥을 소통해 주고 벌모세수와 환골탈태를 시켜주었으므로 평균 공력이 삼백 년에 이른다.

그러므로 소정원 일행이 제아무리 초범입성의 절대고수 경지에 이르렀다고 해도 풍건을 위시한 삼십 명의 영웅문 당주와 부당주들을 감당하지는 못할 것이다.

소가화 등은 벌떡 일어나 강둑으로 쏘아 오르며 자지러질 듯이 부르짖었다.

"어머니! 안 됩니다! 물러나세요!"

소가화와 소미미, 총대영은 절망의 표정을 지었다.

수만 리를 함께 온 이만오천여 명의 고수들을 깡그리 잃고 나서 이제 자신들마저 백척간두 바람 앞의 등불 신세이니 온몸의 힘이 다 빠져 버렸다.

그렇다고 해서 소정원 혼자 싸우도록 내버려 둘 수는 없는 일이다.

소가화 등은 비록 기진맥진했지만 최후의 힘을 내서 강둑 위로 다 같이 쏘아갔다.

그들이 강둑 위에 도달하기 전에 풍건이 쩌렁하게 외쳤다.

"투항하면 목숨은 살려주겠소!"

그러나 순식간에 강둑 위에 이른 소정원은 풍건 등을 향해 양팔을 활짝 벌리며 거센 경력을 쏟아냈다.

과우우웅!

굉음이 울리면서 무언가 하얗게 반짝이는 것들이 쏴아! 하고 허공으로 거센 파도처럼 솟구쳤다.

그때 고범은 저 아래 강에서 은빛 반짝이는 이슬 같은 것들이 허공으로 떠오르는 것을 보았다.

'강물을……'

고범은 소정원이 강물을 끌어 올려서 그것을 무기로 사용한다는 사실을 깨달았다.

주위 십여 장 일대 허공을 뒤덮었던 물의 막 수벽(水壁)이 한순간 아래로 곤두박질치며 덮쳐들었다.

콰아아아앗!

그것들은 찰나지간 수십 개의 물줄기로 화해서 풍건을 비롯한 삼십일 명을 향해 무시무시하게 쏘아 내렸다.

이런 공격을 처음 보는 풍건은 움찔 당황했으나 즉시 모두에게 외쳤다.

"호신막을 만들어 상승시켜라!"

그 순간 삼십일 명이 일제히 호신막을 만들어 위로 뿜어냈다.

후우웅!

반투명한 호신막이 커다란 우산처럼 위로 상승하면서 내리꽂히고 있는 수십 개의 물줄기들을 막았다.

쩌어엉!

우산 같은 호신막이 거세게 웅웅웅! 떨어 울렸다. 만약 삼십일 명이 아니라 단지 몇 명이 상대했다면 방금 일초식에 거덜이 나고 말았을 것이다.

"공격하라!"

기회를 포착한 풍건이 벼락같이 외치며 선두에서 소정원을 향해 쏘아갔다.

第百九十章

창파영 소씨 혈족

소정원은 두 손을 위로 들었다가 재빨리 앞으로 묵직하게 밀어냈다.

쿠우우—!

이번에는 물의 막 수막(水幕)이 형성되어 맹렬하게 전방으로 밀려 나갔다.

만약 수막 전방에 있는 사람들이 일류고수 정도라면 수막에 의해 깡그리 전멸하고 말 터이다.

그것은 평범한 물의 막처럼 보이지만 도검으로도 뚫리지 않는 단단한 강도(剛度)를 지니고 있다.

호신강기나 호신막은 좁은 범위만을 감당하지만 이런 수막은 작게는 몇 장에서 넓게는 수십 장까지 뒤덮을 수가 있다.

또한 수막을 쪼개면 수십에서 수백 개의 수탄(水彈)이 되어 다수의 적을 한꺼번에 쓸어버릴 수도 있다.

물을 이용한 이런 수법은 중원에서는 좀처럼 볼 수 없는 희귀한 것이다.

더구나 공력이 최소한 오기조원의 경지에 이르러야만 가능한 일이다.

풍건을 비롯한 삼십일 명은 소정원을 향해 공격을 전개하고 있는 중이다.

이들은 상대가 여자이고 또 한 명이라고 해서 소수로 상대하는 우를 범하지 않는다.

풍건은 소정원이 저 아래 강에서 강물을 끌어와 수막을 만들어내는 것을 보고 대단한 고수라고 짐작하여 자신을 비롯한 삼십일 명이 상대하게 된 것이다.

소정원이 보기에 이들은 결코 만만한 것 같지 않았다. 그래서 이대로 물러나서 다른 방법을 강구할 것인가 아니면 이대로 밀고 나가는가를 갈등했다.

소정원은 입술을 깨물고 전력을 끌어올려 두 팔을 활짝 벌렸다가 앞으로 거세게 떨쳐냈다.

콰콰우웃!

이대로 밀어붙이기로 결정한 것이다.

소가화 등이 강둑 위로 올라왔을 때에는 소정원의 수막과 풍건 등의 공격이 격돌하기 직전이었다.

소가화와 소미미, 총대영의 얼굴에 경악이 떠올랐다. 일 대 삼십일의 격돌은 누가 봐도 미친 짓이었기 때문이다.

콰드드등!

"아아악!"

삼십일 명이 뿜어낸 공격과 수막이 격돌하자 말 그대로 천번지복, 하늘이 뒤집어지고 땅이 용솟음치는 듯한 굉음이 터지며 그 속에서 찢어지는 비명이 파묻혔다.

"어머니—!"

"아앗! 어머니!"

풍건도 짐작하지 못하고 있었다. 절정고수 삼십일 명 합공의 위력이 어느 정도인지를 말이다.

소가화 등이 쳐다보고 있는 가운데 소정원은 하늘로 까마득하게 멀어지고 있었다.

"어머니!"

"영주님!"

소가화 등은 찢어질 듯이 울부짖으며 소정원이 날아가고 있는 방향으로 몸을 날리려고 했다.

그러나 풍건을 비롯한 삼십일 명이 이들 세 명을 겹겹이 포위해 버렸다.

극도로 초조한 표정의 소가화가 풍건 등을 보면서 다급하게 외쳤다.

"어머니를 구하게 해주시오! 싸움은 그다음에 합시다!"

씨도 먹히지 않을 소리다. 영웅문을 괴멸시키겠다고 온 무리가 할 수 있는 말이 아니다.

풍건을 비롯한 삼십일 명은 이번에도 합공으로 소가화 등 세 명을 향해 공격을 퍼부었다.

소가화와 소미미는 처절하게 울부짖었다.

"이건 너무하는 것이 아니오?"

"그만해요! 사람이 죽어가고 있잖아요?"

그렇지만 삼십일 명의 합공은 일시에 산악을 붕괴시키고도 남을 만큼 어마어마했다.

과아아우웅!

총대영은 저런 무시무시한 공격 앞에서 자신들은 뼈도 추리지 못할 것이라 예상하고 다급히 외쳤다.

"두 분 소영주님! 투항합시다!"

총대영은 투항만이 살 수 있는 길이라고 판단했다. 그렇게 해서 영웅문 사람들이 공격을 멈춘다면 다행이지만, 그렇지 않는다고 해도 어쩔 도리가 없다.

총대영이 이러는 목적은 창파영의 대가 끊어지지 않도록 하는 것이다.

만약 소정원이 죽었다면 여기에 있는 소가화와 소미미 두 사람 중 한 사람이 창파영의 다음 대 영주가 되어야 하기 때문이다.

총대영은 말과 함께 그 자리에 털썩 무릎을 꿇었다.

소가화와 소미미도 길게 생각할 겨를 없이 땅바닥에 몸을 내던졌다.

콰아아우우!

그렇지만 삼십일 명의 엄청난 합공은 그들을 향해 쏟아져 내리고 있다.

"멈춰라!"

그 순간 풍건이 짧게 외치자 합공이 일시에 뚝 멈추었다.

풍건이 고개를 끄떡이자 고범이 대승당 부당주에게 소정원에게 가보라고 지시했다.

풍건은 땅바닥에 나란히 무릎을 꿇고 있는 소가화와 소미미, 총대영 앞에 섰다.

"우리더러 너무한 것이 아니냐고 했느냐?"

소가화 등은 착잡한 표정으로 풍건을 올려다보았다.

풍건은 위압적인 표정으로 말을 이었다.

"본문을 아무런 이유도 없이 공격하려고 수만 명의 고수들을 이끌고 온 너희들은 너무하지 않은 것이냐?"

풍건은 엄하게 꾸짖었다.

"우리가 너희에게 무엇을 잘못했느냐?"

소가화가 일그러진 얼굴로 중얼거리듯 말했다.

"어머니를 구해주시오."

"너희 창파영의 대공격을 미리 알지 못했다면 우린 아무것도 모른 채 고스란히 괴멸될 뻔했다."

소가화는 소정원이 날아간 쪽을 힐끗 보면서 다시 말했다.

"어머니부터 구해주시오⋯⋯!"

그때 소미미가 착잡한 얼굴로 소가화에게 말했다.

"그만해요, 오라버니."

"미미야."

소가화는 의아한 표정으로 소미미를 쳐다보았다.

소미미는 풍건을 보면서 씁쓸한 얼굴로 물었다.

"영웅문에는 몇 명이 살고 있나요?"

풍건은 나직하게 대답했다.

"모두 사만여 명이 살고 있다."

소미미 등은 크게 놀랐다.

"사만 명이나⋯⋯."

소미미는 흑백이 또렷한 눈에 놀라움을 담고 풍건에게 다시 물었다.

창파영이 몇 달 전에 입수한 정확하지 않은 정보에 의하면 영웅문은 절강성의 지배자이며 고수의 수가 삼천여 명쯤 된다고 했었다.

"설마 고수가 사만여 명이나 된다는 말인가요?"

"아니다. 고수는 팔천 명이고 삼만이천여 명이 그들의 가족들이다."

소미미와 소가화, 총대영 모두 놀라는 표정을 지었다.

소미미는 크게 놀라는 얼굴로 물었다.

"영웅문 내에서 가족들이 함께 산다는 말인가요?"

"그렇다."

풍건 옆에 있는 고범이 보충 설명을 했다.

"영웅문에는 내문과 사문이 있소. 내문이 영웅문이고 그 옆에 붙은 사문은 여러 개의 마을이라고 보면 되오. 그곳에 가족들이 모여서 살고 있소."

소미미는 소가화를 쳐다보았다.

"마치 우리 창파영 같잖아요?"

창파영은 십여 개의 크고 작은 섬으로 이루어진 하나의 왕국 같은 곳으로 가장 큰 섬에 창파영 본영이 있으며, 네 개의 유인도에 여러 개의 마을들이 흩어져 있다.

소미미는 큰 충격을 받은 표정으로 중얼거렸다.

"우리가 영웅문을 공격했다면 영웅사문에 사는 가족들도 큰 피해를 입었을 거예요."

소가화와 총대영은 묵묵히 듣기만 했다.

"역지사지(易地思之), 누군가 다른 막강한 세력이 우리 창파영을 공격한다고 가정해 봐요. 그래서 그들이 창파영의 백성들을 무차별적으로 죽인다면 우린 어떤 심정이겠어요?"

소가화와 총대영은 씁쓸한 표정을 지었다. 두 사람이 그런 사실을 몰랐을 리가 없다. 원래 싸움이란 그런 것이라는 걸 이미 잘 알고 있다.

하지만 세상 물정 모르고 순진무구한 소미미로서는 난생처음 알게 된 사실이라서 놀랄 수밖에 없다.

그녀는 기가 막힌다는 표정을 지으며 눈물을 글썽이면서 말을 이었다.

"나는 그런 것도 모르고 그저 싸운다니까 신나서 천방지축 날뛰었어요."

풍건과 고범 등은 소미미 얼굴에서 눈을 떼지 못하고 있었다. 그녀가 설옥군과 너무나 많이 닮았기 때문이다.

그때 고범이 보낸 대승당 부당주가 소정원을 안고 왔다. 그녀는 무려 삼십여 장이나 먼 풀밭에 떨어져 있었다.

소가화와 소미미 등은 부당주의 두 팔에 안긴 소정원을 뚫어지게 주시했다.

"어머니……."

소정원은 혼절했는지 아니면 죽었는지 축 늘어진 채 움직임이 없었다.

부당주가 소정원을 조심스럽게 바닥에 내려놓았다.

소정원의 얼굴은 온통 피투성이며, 봉두난발 헝클어진 머리카락에 옷이 갈가리 찢어졌고, 가슴과 옆구리, 하체도 여기저기 맨살이 드러난 참혹한 모습이다.

"어머니!"

소가화와 소미미는 찢어지듯 비명을 지르며 소정원에게 달려들었다.

그러나 소정원의 몰골이 너무 참혹한 탓에 감히 만지지는 못하고 절망의 눈물만 펑펑 쏟았다.

"으흐흑……! 어머니… 제발 눈을 떠보세요……!"

지켜보고 있는 총대영이 나섰다.

"제가 한번 살펴보겠습니다."

소가화와 소미미는 의술에 대해서 일가견이 있는 총대영에게 급히 자리를 비켜주었다.

총대영은 진지한 얼굴로 소정원 손목의 맥을 짚었고, 소가화와 소미미는 긴장한 얼굴로 지켜보았다.

반각 정도가 흐른 후에 총대영은 착잡한 표정으로 소정원에게서 손을 뗐다.

소가화와 소미미는 이미 총대영의 얼굴에서 심각함을 간파하고 가슴이 철렁 내려앉았다.

"어… 때요?"

그렇게 묻는 소미미의 얼굴에는 절망이 드리워져 있었다.

총대영은 착잡한 표정으로 나직이 중얼거렸다.

"가망이 없으십니다."

소가화는 절규하듯 외쳤다.

"아무런 방법이 없다는 말이오?"

"그… 렇습니다."

소가화와 소미미는 모친 소정원의 죽음이 아직 현실로 받아들여지지 않았다.

"어머니… 크흐흑……!"

"어머니… 눈을 떠보세요……."

소가화와 소미미는 소정원 앞에서 굵은 눈물을 흘리며 울음을 터뜨렸다.

지켜보고 있던 풍건이 돌아서면서 명령했다.

"이들을 제압하라. 돌아간다."

차창!

그러자 소가화가 느닷없이 어깨에서 검을 뽑아 휘저으며 벼락같이 외쳤다.

"다가오지 마라!"

소가화가 그럴 줄은 소미미나 총대영도 예상하지 못했기에 적잖이 놀랐다.

영웅문 당주와 부당주들은 여차하면 합공하려는 태세를 갖추고 풍건의 명령만 기다렸다.

풍건은 간단하고도 짧게 명령했다.

"죽여라."

소가화의 얼굴이 해쓱하게 변했다. 모친 소정원은 가망이 없는 판국에 이제는 자신과 누이동생마저 죽게 생겼다는 생각이 들자 그는 급히 검을 버렸다.

쨍!

"항복하겠소."

소가화는 착잡한 표정을 지었다. 자신의 실수 때문에 풍건이 노해서 죽이라고 명령한다면 다 끝장이기 때문이다.

걸어가던 풍건이 걸음을 멈추고 돌아보았다.

"제압해서 끌고 와라."

현재 영웅문 내에서 실무자로서 가장 높은 지위는 총당주 겸 외문총관인 풍건이다.

하지만 단순한 지위로 따진다면 영웅장로인 현수란과 태동화, 손록이 있다.

영웅오장로 중에 훈용강과 정천영은 진천룡을 보필하여 남창으로 갔다.

정천영은 영웅장로에 임명되기 전에 남창에 적을 둔 천추각의 태상호법이었기 때문에 그곳이 그리워서 앞뒤 가리지 않고 진천룡을 따라나선 것이다.

풍건은 상황 보고를 하기 위해서 세 명의 영웅장로를 만나러 왔다.

영웅장로들의 집무처인 영웅풍각(英雄風閣) 내 휴게실에 있던 세 사람 앞에 풍건이 우뚝 섰다.

"창파영 고수 만구천여 명을 죽였으며, 천여 명이 부상자이고, 육천여 명을 제압하여 가두었습니다."

과거에 항주 오대문파 중에 하나인 연검문의 문주였던 태동화와 오룡방의 방주였던 손록은 좌불안석 자리가 불편한 듯한 표정이다.

반년 전까지만 해도 여기에 있는 세 사람 모두 풍건의 수하였기 때문이다.

그런데 어느 날 갑자기 세 사람은 영웅장로에 발탁되어 지위상 풍건의 상전이 되어 그가 고개를 조아리므로 아직은 그런 게 어색하기 짝이 없다.

*　　　　*　　　　*

하지만 현수란은 다르다. 절강제일부자인 십엽루의 루주였다가 십엽루를 영웅문에 바치고 영웅문 외문 휘하 십엽당주가 됐던 그녀다.

경험으로 보나 진천룡과의 친분으로 보나 현수란이 풍건보다 위면 위였지 결코 아래는 아니다.

현수란과 태동화, 손록은 방금 풍건의 보고에 아연실색하고 말았다.

풍건은 조금 전에 창파영 고수 만구천여 명을 죽였으며, 천여 명이 부상, 그리고 육천여 명을 제압해서 포로로 삼았다고 말했는데, 어쩌면 그가 말을 잘못했거나 아니면 현수란 등이 잘못 들었을지도 모른다. 그 정도로 엄청난 말인 것이다.

"내가 들은 말이 확실한가요?"

그래서 현수란은 그렇게 물을 수밖에 없었다.

풍건은 정중하게 고개를 숙였다.

"확실합니다."

풍건은 지위 같은 것을 두고 현수란과 쓸데없이 기싸움 같은 것을 하는 사람이 아니다.

현수란 등은 창파영이 전당강 하구를 통해서 어마어마한 군선들을 이끌고 공격을 해오고 있으며, 그래서 풍건의 지휘하에 영웅문 전 고수들이 방어에 총동원되었다는 사실을 이미 들어 알고 있었다.

그런데 현수란 등은 이런 까무러칠 정도의 결과가 아니라 영웅문이 창파영을 맞이하여 제대로 방어할 수 있을 것인가를 염려했었다.

그런데 풍건이 보고한 성과가 어마어마하지 않은가. 이 정도면 싸움이 아니라 일방적인 도륙 수준이다. 창파영 고수들 손발을 꽁꽁 묶어놓고서 마구잡이로 죽여야지 이런 결과가 나오지 않겠는가.

태동화와 손록은 믿어지지 않는지 눈을 끔뻑거리고 있으며, 잠시 후에 현수란이 마음을 가다듬고 풍건에게 물었다.

"본문의 피해는 어떤가요?"

풍건은 잔잔하게 미소를 지었다.

"한 명도 죽지 않았습니다."

이건 더 어마어마한 일이다. 그런 무지막지한 결과를 얻었는데도 불구하고 우리 쪽은 단 한 명도 죽지 않았다는 게 말이 되느냐는 말이다.

"설마……."

풍건의 미소가 조금 더 짙어졌다.

"주군께서 보내신 서찰의 내용대로 화공을 펼쳐서 적의 군선을 모조리 태워 버렸습니다."

"모조리 말인가요?"

풍건은 지금 생각해도 통쾌한 듯 고개를 젖히고 호방하게 웃었다.

"하하하! 그렇습니다. 단 한 척도 남기지 않고 모조리 전당강 강물 속에 수장시켰습니다."

"아아… 굉장하군요……!"

현수란은 풍건 앞에서 의젓하게 보이려던 처음의 결심을 무너뜨리고 탄성을 터뜨렸다.

태동화와 손록도 그제야 이 사실을 현실로 받아들일 수 있게 되어 고개를 흔들면서 찬탄했다.

"아아… 어떻게 이런 일이……."

연검문의 문주였던 태동화와 오룡방의 방주였던 손록은 서로 앙숙이었으나 지금은 그런 것을 다 잊어버리고 누구보다도 절친한 사이가 되었다.

풍건은 세 명의 장로가 조용해지기를 기다렸다가 진중하게 입을 열었다.

"한 가지 상의할 일이 있습니다."

현수란은 풍건의 표정을 보고 심각한 일이라는 것을 감지하고 조금 긴장했다.

"말해봐요."

풍건이 머뭇거리자 현수란은 그의 의도를 깨닫고 앞의 의자를 가리켰다.

"앉아서 얘기해요."

"고맙습니다."

풍건의 행동을 보고 현수란 등은 그가 할 얘기가 길어질 수도 있다는 느낌을 받았다.

현수란 등은 과연 풍건이 무슨 얘기를 할지 적이 긴장한 얼굴로 그를 주시했다.

풍건은 두 손을 깍지 껴서 무릎에 얹으며 얘기를 시작했다.

"창파영의 영주에 대한 일입니다."

풍건의 설명을 다 듣고 난 현수란과 태동화, 손록은 놀라면서도 굳은 표정을 지었다.

풍건은 창파영주가 저항하다가 자신을 비롯한 삼십일 명의 합공에 당해서 현재 사경을 헤매고 있다는 사실을 자세히 설명했다.

또한 창파영주의 아들과 딸 남매, 그리고 총대영도 함께 제압되었다는 설명을 덧붙였다.

"어떻게 했으면 좋겠습니까?"

현수란은 풍건이 묻는 의도를 대충 짐작했다. 창파영주를 살릴 것인지 죽도록 내버려 둘 것인지를 묻는 것이다.

창파영주를 살려야 한다면 죽기 전에 진천룡에게 데리고 가야만 한다.

반면에 그녀가 죽어도 괜찮다면 그냥 아무 일도 하지 않으면 된다.

풍건은 그 일을 혼자 결정할 수가 없어서 현수란 등에게 의논하는 것이다.

아니, 의논이라기보다는 결정을 내려달라고 보고하는 것이다. 그래서 장로라는 지위가 존재하는 것이다.

장로란 경험이 풍부하고 심지가 곧으며 공평무사한 인물이어야 한다.

그래야지만 서로 의논하여 가장 좋은 결론을 도출할 것이기 때문이다.

현수란은 이미 마음속으로 결정을 내렸지만 태동화와 손록이 허수아비가 아니기 때문에 그들의 의견을 물었다.

"어쩌면 좋겠어요? 기탄없이 말해보세요."

그녀의 하는 언행이 하나같이 태동화와 손록보다는 윗사람처럼 보인다.

하긴 태동화와 손록은 처음부터 현수란에게 한 수, 아니, 몇 수 접어주고 대했었다.

그렇다고 해도 두 사람으로서는 엄청난 홍복을 누리고 있는 것이다.

두 사람이 절강성을 넘어 이제는 강남의 지배자로 부상하고 있는 대영웅문의 장로라니 스스로 생각해도 잘 믿어지지 않는 일이다.

영웅사문 내에서의 태동화와 손록의 거처는 하나의 장원을 이루고 있으며, 가족은 왕족처럼 살아가고 있다.

무엇 하나 부족함도 부러운 것도 없다. 영웅장로 한 달 녹봉이 은자 일만 냥인데 무얼 더 바라겠는가.

더구나 가족 일인당 은자 백 냥씩, 그리고 가족당 은자 천 냥씩 무조건 지급되므로 돈을 쓰는 것보다 쌓이는 속도가 훨씬 더 빠르다.

이런 홍복을 누리고 있으므로 태동화와 손록으로서는 현수란에게 한 수 아니라 몇 수쯤 양보한다고 해도 조금도 상관이 없는 일이다.

그러나 현수란이 방금 '기탄없이'라고 말했기 때문에 두 사람은 되도록 솔직하게 말해야 한다.

그동안 겪어본 현수란은 가식이나 아부를 아주 싫어하는 성격이라서 잘 말해야 한다.

태동화는 손록을 한 번 슬쩍 쳐다보고 나서 조용한 목소리로 말했다.

"나는 창파영주를 살려야 한다고 생각하오."

"어째서 그렇죠?"

"죽이는 것은 언제라도 할 수 있지만 창파영주가 살아 있으면 죽은 것보다는 여러모로 쓸모가 있을 것이오."

손록이 고개를 끄떡이면서 말을 보탰다.

"그렇소이다. 죽음은 원한이 되지만 생존은 은혜가 될 수도 있지 않겠소?"

현수란이 손록을 쳐다보며 어쭈? 하는 표정을 짓자 그는 머쓱하게 얼굴을 붉혔다.

"왜 그러시오?"

"그런 멋진 말도 할 줄 아나요?"

손록의 얼굴이 좀 더 붉어졌다.

"머… 멋졌소……?"

그는 현수란의 칭찬에 구름을 탄 기분이 됐다.

현수란은 풍건을 보며 고개를 가볍게 끄떡였다.

"나도 창파영주를 살려야 한다고 생각해요. 이유는 이분들이 얘기한 대로예요."

풍건은 가볍게 고개를 숙였다.

"알겠습니다. 그럼 주군께 서찰을 보내겠습니다."

"그만둬요."

풍건은 의아한 표정을 지으며 그녀를 쳐다보았다.

"무슨 말씀이신지……."

"창파영주 목숨이 경각에 달렸겠죠?"

"그렇습니다. 지금 당장 숨이 끊어진다고 해도 전혀 이상하지 않을 정도로 위독합니다."

"어떻게 하고 있나요?"

"영지회혼술(靈持回魂術)을 전개하면서 한 시진마다 진기를 주입하고 있습니다."

영지회혼술은 상태가 위중한 사람의 생명을 최대한 늘리는 수법이다.

슥!

현수란은 일어나며 단호하게 말했다.

"내가 직접 주군께 데리고 가겠어요."

풍건은 전혀 놀라지 않고 그럴 줄 알았다는 표정으로 빙그레 미소 지었다.

"그러시겠습니까?"

현수란은 풍건의 그런 미소가 마뜩잖았지만 지금으로선 문제를 삼고 싶지 않았다.

현수란이 진천룡을 맹목적으로 좋아해서 무슨 일만 생기면 그에게 달려가려고 한다는 것은 영웅문의 간부라면 다 알고 있는 사실이라서 굳이 비밀도 아니다.

"그런데 작은 문제가 있습니다."

현수란은 혹시 자신을 가지 못하게 하려는 일이라도 생길까 봐 날카로워졌다.

"뭐죠?"

"창파영주의 자식들은 어찌합니까?"

"자식들?"

"현도를 제압해 놓았는데도 하루 종일 울고만 있습니다."

"음……."

성격이 강철처럼 단단하고 얼음처럼 차가운 현수란이지만 효도라느니 진정한 사랑 같은 것에는 그냥 무너진다.

"그 아이들을 데려가야 한다는 건가요?"

"그게 좀 곤란합니다."

"왜요?"

"제압된 상태로 끌고 가면 시간이 지체될 것이고, 그렇다고 제압을 풀어주면 순순히 따라가려고 하겠습니까?"

현수란은 길게 생각하지 않았다.

"내가 직접 보고 결정하겠어요."

현수란을 비롯한 태동화와 손록은 풍건의 안내로 영웅문의 뇌옥으로 들어섰다.

차가운 돌바닥 한가운데에 소가화와 소미미가 마혈과 아혈이 제압되어 앉혀져 있다.

현수란 등이 들어서자 두 사람은 눈을 번쩍 뜨고 그들을 훑어보면서 무슨 말을 하려고 입을 벙긋거렸지만 말이 되어 나오지는 않았다.

현수란은 남매 앞에 서서 무슨 말인가 하려다가 소미미를 보고는 흠칫 놀랐다.

'뭐야? 어째서 태상문주하고 빼박은 듯이 닮은 거지?'

그녀는 소미미가 설옥군과 쌍둥이처럼 닮았다는 사실을 알고 놀라움을 감추지 못했다.

현수란이 놀란 얼굴로 돌아보자 풍건은 그럴 줄 알았다는 표정으로 전음을 보냈다.

[태상문주님과 많이 닮았지요?]

[이건 닮은 정도가 아니잖아요? 쌍둥이에요.]

그렇지만 현수란이나 풍건은 설옥군과 소미미 사이의 연결 고리를 알지 못했다.

풍건이 주위를 환기시켰다.

[현 장로님, 하실 말씀 있으시면 하시죠.]

현수란은 가볍게 고개를 끄떡이고 나서 소가화와 소미미 앞에 책상다리를 하고 앉았다.

서 있으면 남매가 쳐다보느라 눈을 치떠야 하니까 눈높이를 맞춘 것이다.

"너희들, 내 말 잘 들어라."

소가화의 눈동자가 데룩데룩 굴렀다. 눈에서는 무서운 안광이 뿜어지고 뺨이 씰룩거렸다.

반면에 소미미는 하염없이 닭똥 같은 눈물을 뚝뚝 흘리면서 슬퍼하고 있다.

현수란은 이제부터 자신이 할 말이 남매에게 큰 위안이 될 것이기에 차분한 목소리로 말문을 열었다.

"당금 천하에 전설의 명의인 화타와 편작보다 더 위대한 신의가 한 분 계신다."

소가화는 이게 무슨 말인지 눈을 껌뻑거리고, 소미미는 눈을 크게 뜨고 현수란을 바라보았다.

현수란의 말이 이어졌다.

"나는 이제부터 너희 어미를 살리기 위해서 네 어미를 데리고 그분께 가려고 한다."

소가화와 소미미는 눈을 크게 떴다. 소가화는 더 이상 분노에 떨지 않았고, 소미미는 슬픔의 눈물을 멈추었다.

남매의 머리 꼭대기에 가부좌로 앉아 있는 현수란은 미소를 삼키며 말을 이었다.

"그분께 데리고 가기만 하면 네 어미는 무조건 소생한다. 그런데 문제는……."

만약 남매가 아혈이 풀렸다면 빨리 말하라고 동시에 악을 썼을 것이다.

그렇지만 현수란은 일부러 천천히 느긋하게 말했다.

"나는 너희 둘을 같이 데려갈까 하고 생각한다."

남매는 눈을 빛내면서 몸이 꿈틀거렸다. 혈도가 제압된 그들이 지금 어떤 심정인지 묻지 않아도 짐작할 수 있다.

"그분께선 천여 리 떨어진 곳에 계시다. 나는 네 어미를 안고 거기까지 한나절이면 갈 수가 있다."

남매는 복잡한 표정을 지었다. 그들은 천여 리를 한나절 만에 가지 못한다. 아무리 빨라도 사흘은 걸릴 터이다.

현수란은 희고 긴 섬섬옥수를 뻗어서 소가화의 희고 잘생긴 이마를 쿡 찔렀다.

"너희가 내 말을 잘 듣는다면 혈도를 풀어주고 네 어미와 같이 데려가겠다."

第百九十一章

풍운의 녹수원

소가화와 소미미 남매는 아까부터 경악을 금하지 못하고 있는 중이다.

　　남매는 현재 지상에서 백여 장 높이 하늘을 화살보다 빠른 속도로 날아가고 있는 중이다.

　　이른바 어풍비행이다. 그런데 남매가 어풍비행을 전개하는 것이 아니라 현수란과 태동화, 손록이 시전하고 있는데 거기에 편승을 한 것이다.

　　현수란은 창파영주 소정원을 두 팔로 안고 있으며, 태동화와 손록이 양쪽에서 소가화, 소미미 남매의 팔을 잡고 있는 형상이다.

소가화와 소미미는 무서워서 서로를 꼭 붙잡고 있으며, 남매의 양쪽에서는 태동화와 손록이 날고 있다.

현수란은 두 팔로 소정원을 안고도 흔들림 없이 어풍비행을 전개하면서 날아가고 있다.

반면에 태동화를 비롯한 네 명은 안정된 자세가 아니라 어딘가 불안한 형태다.

지금 상황에 소가화와 소미미는 경악하면서도 두려워하고 있으며, 태동화와 손록은 남매 때문에 균형이 흔들리고 있는 상황이다.

선두의 약간 위쪽에서 비행하고 있는 현수란은 그들을 뒤돌아보고서 눈살을 찌푸렸다.

"너희 둘, 몸에서 힘을 빼고 공력을 양쪽 두 사람에게 주입하는 것을 잊었느냐?"

이들 여섯 명 중에서 어풍비행을 제대로 할 줄 아는 사람은 현수란 한 명뿐이다.

그녀는 공력이나 실력으로 어풍비행을 전개하고도 남는 경지에 이르렀다.

물론 진천룡이 그녀의 임독양맥을 소통하고 벌모세수와 환골탈태를 해주었으며, 이후 꾸준히 운공조식을 하여 삼백팔십 년 공력으로 증진되었기에 가능한 일이다.

현수란이 진천룡을 만난 지 어언 이 년이 넘었으며, 이제 그녀는 완벽하게 진천룡의 사람이 되었다.

진천룡이 그녀의 임독양맥을 소통시켜서 공력이 두 배 이상 증진된 것도 있지만, 지난 이 년여 동안 꾸준하게 새로운 심법을 운공조식하여 오십 년 정도 공력을 증진시킨 효과도 매우 컸다.

현수란은 물론이고 영웅문의 간부급들이 새로 배운 심법은 용군심법(龍君心法)이다.

원래 이름은 용림심법이었다. 진천룡의 '용'을 따고, 민수림의 '림'을 따서 그렇게 지었다.

하지만 민수림이 이름을 설옥군으로 바꾸고 나서 진천룡은 용림심법을 용군심법으로 바꾼 것이다.

설옥군은 자신이 알고 있는 한 천하제일의 심법이 용군심법이라고 자신 있게 말했었다.

그런데 그녀가 기억을 잃어서 심법의 이름을 몰랐던 탓에 결국 용군심법이 됐던 것이다.

영웅문 간부들에게 어풍비행을 전수한 사람은 부옥령이다. 그녀는 능력이 되는 사람들에겐 자신의 성명절학이라고 해도 아낌없이 전수했다.

태동화와 손록은 삼백이삼십 년의 공력이라서 어풍비행을 전개하려면 조금 빠듯하다.

그래서 소가화와 소미미더러 태동화와 손록에게 공력을 주입하라고 지시한 것이다.

그렇게 하면 태동화와 손록이 어풍비행을 전개하여 소가화와 소미미를 데리고 갈 수가 있다.

단, 소가화와 소미미가 지금처럼 불안한 상태라면 언제라도 공력이 흩어져서 추락할지 모른다.

현수란의 꾸짖음에 소가화와 소미미는 정신이 번쩍 들어 급히 공력을 증가하여 태동화와 손록에게 주입했다.

그러자 위태롭던 어풍비행이 즉시 제 궤도를 잡더니 순조롭게 비행을 시작했다.

현수란과 태동화, 손록은 어풍비행을 연마하면서 수십 차례 전개했었지만 소가화와 소미미는 전개는커녕 어풍비행으로 직접 날아보는 것도 생전 처음이다.

창파영에서는 영주인 소정원 정도가 어풍비행을 전개할 수 있지만 섬인 창파영에서는 구태여 어풍비행을 전개할 필요가 없었다.

솨아아아…….

옷자락이 거세게 펄럭이는 것도 아니고, 눈을 뜨지 못할 정도로 세찬 맞바람이 불어오는 것도 아닌데 속도는 어마어마하게 빨랐다.

소가화는 조심스럽게 아래를 내려다보다가 소름이 확 끼쳐서 얼른 고개를 들었다.

두 손으로 소가화의 팔을 꼭 안은 채 눈을 감고 있는 소미미는 소가화의 몸이 움찔 떨리자 가만히 눈을 떴다.

소미미는 소가화의 얼굴에 두려움이 떠올라 있는 것을 보고 왜 그런지 짐작한 듯 조심스럽게 아래를 내려다보았다.

잠시 후 소미미는 까마득한 저 아래 들판과 강이 아스라하게 보이자 간이 콩알만 해지며 비명을 질렀다.

"아앗!"

그러자 그녀의 공력이 크게 흐트러지면서 그녀를 비롯한 소가화와 태동화, 손록이 충격을 받고 기우뚱거렸다.

"어헛!"

"앗!"

손록과 소가화는 크게 놀라서 탄성을 터뜨렸다.

현수란이 급히 외쳤다.

"평운심(平運心)!"

평운심은 마음을 가라앉히는 것과 동시에 공력을 계속 유지하라는 뜻이다.

현수란이 다시 외쳤다.

"상중팔(上中八)이다!"

공력을 삼십으로 등분했을 때 상의 십 중에서 팔만큼 공력을 주입하라는 뜻이며, 무림인이라면 누구라도 다 알고 있는 상식이다.

네 명은 그 즉시 공력을 상중팔로 고정시켰다.

쏴아아…….

그러자 한쪽이 기울어 추락할 것 같았는데 그 즉시 평정을 되찾아 순조롭게 비행했다.

현수란은 위로 더욱 상승했다.

파아아!

이곳은 천오백 장 높이의 회계산(會稽山)이라서 바람이 매우 거셌기에 지상의 바람의 영향이 미치지 않는 고공으로 올라간 것이다.

삐죽삐죽 날카롭게 솟은 험준한 절봉 까마득한 고공에 네 사람이 한 조각 구름처럼 표표히 흘러가고 있다.

현수란은 항주 일대에서 어풍비행을 연마하면서 하늘을 날아봤었지만 지금처럼 이런 경험은 처음이다.

일단 지금은 무지하게 고공이다. 그녀가 어풍비행을 연마했을 때 평균 고도는 삼십여 장 정도였다. 지금은 그보다 다섯 배 더 높은 백오십여 장이다.

회계산 높이가 천오백여 장이니까 그것까지 계산하면 해발 천육백오십여 장 상공을 날아가고 있는 것이다.

가장 고강한 현수란이 그 정도인데 다른 사람들은 더 말해서 무엇 하겠는가.

소미미는 아까부터 현수란이 안고 있는 소정원을 힐끗거리면서 살피다가 이윽고 용기를 내서 그녀에게 물었다.

"저… 어머니는 어떤가요?"

현수란은 안고 있는 소정원을 한번 힐끗 굽어보고 나서 억양 없이 대답했다.

"똑같다."

"돌아가시진 않은 거죠?"

"그래."

소미미는 현수란의 대답이 건성이어서 조금 불쾌한 얼굴로 말했다.

"저희 어머니 생사가 걸린 일인데 좀 더 성의를 갖고 대답해 주셨으면 좋겠군요."

현수란이 소미미를 쳐다보는데 표정이 냉랭하기 짝이 없다.

"네 어미 생사가 걸렸다고 했느냐?"

"네……."

소미미는 뭔가 불길한 느낌을 받고 자신 없이 대답했다.

현수란은 두 팔을 약간 아래로 기울였다.

"네 어미를 여기에서 버리기를 원하느냐?"

"네? 그게 무슨……."

소가화는 자신의 팔을 잡고 있는 소미미의 팔을 급히 움켜 잡으며 눈은 현수란에게 향했다.

"아닙니다. 제 여동생이 실언했습니다. 용서하십시오."

"오라버니, 어째서……."

소미미는 단지 자신의 모친 안위를 물었을 뿐인데 왜들 이러는 것인지 모를 일이다.

현수란은 소가화를 보며 냉랭하게 말했다.

"네 우매한 여동생에게 왜 그런지 말해줘라."

소가화는 쓸쓸한 표정을 지으며 소미미에게 조그만 목소리로 설명했다.

"우리는 영웅문의 수만 명을 죽일 목적으로 왔는데 네가 어머니 한 분의 목숨을 갖고 생사가 걸린 일이라며 반발을 하는 것은 이치에 맞지 않는 일이다."

"아……."

소미미는 즉시 깨닫고 크게 뉘우치는 표정을 지으며 현수란을 바라보았다.

"미처 몰라서 그랬어요. 죄송해요. 용서하세요."

현수란은 잠시 소미미를 쏘는 듯이 쳐다보다가 고개를 돌리더니 그때부터 남창에 도착할 때까지 한 번도 그녀를 쳐다보지 않았다.

소미미는 평소에 총명한 자신이 이런 어이없는 실수를 한 것 때문에 크게 자책했다.

'어머니의 생명만 소중하고 타인의 생명은 소중하지 않다는 발상 자체가 잘못된 거였어.'

현수란은 남창 천향루에 도착했다. 항주 영웅문을 출발한 지 다섯 시진 만의 일이다.

천향루에서 현수란은 진천룡이 녹수원이라는 곳에 있다는 말을 들었다.

천향루주의 거처에서 현수란은 천추각주 당하선에게 담담

한 얼굴로 물었다.

"주군께선 언제 가셨느냐?"

당하선은 현수란이 영웅문에서 어떤 지위이며 성격이 어떻다는 것을 잘 알기에 감히 함부로 하지 못했다.

"그저께 저녁에 가셨어요."

지금이 술시(밤 8시경)가 지난 시각이니까 진천룡이 나간 지 꼬박 이틀이 지났다는 얘기다.

진천룡 일행이 나간 지 이틀 동안이나 돌아오지 않고 있다는 말에 현수란은 적이 긴장했다.

혹시 진천룡이 좋지 않은 상황에 처한 것이 아닌지 염려가 됐기 때문이다.

"그쪽 상황을 알고 있느냐?"

현수란의 물음에 당하선은 씁쓸하게 고개를 가로저었다.

"전혀 몰라요."

하긴, 일이 끝나지도 않아서 진천룡이 돌아오지 않고 있는데 그쪽 일을 알 수 있을 턱이 없다.

"어떻게 한다?"

현수란은 나직이 중얼거리는 것뿐이지만 소가화와 소미미는 초조가 극에 달했다.

소가화 남매는 현수란이 말한 화타와 편작을 능가하는 신의가 누군지 아직도 모르고 있다.

다만 현수란이 신의에게 모친을 치료받기 위해서 쉬지 않고 날아온 것으로만 알고 있다.

그런데 현수란은 신의의 행방은 찾지 않고 자꾸 주군만 찾고 있지 않은가.

"저……."

참다 못해서 소미미가 입을 열려는데 현수란이 알아차리고 먼저 말했다.

"내가 말한 신의는 영웅문주인 주군이시다."

"아……."

현수란은 구구절절 설명하지 않으면서 소가화, 소미미의 입을 막을 수 있는 말을 했다.

"주군께선 무극애와 호천궁 사람들과 같이 계시다. 주군께서 그들과 싸우시는지 아니면 대화를 하고 계신지는 아무도 모르고 있다."

소가화와 소미미는 경악했다. 천하사대비역의 무극애와 호천궁 사람들이 남창에 와 있으며 영웅문주가 그들과 함께 있다니 무슨 일인지 짐작도 할 수가 없다.

그렇지만 소가화와 소미미는 포기할 수가 없다. 영웅문주에게 무극애와 호천궁 사람들을 만나는 일이 중요하다면 이들 남매에게는 영웅문주를 만나는 일이 무엇보다도 중요했다.

똥줄이 탄 소가화가 바싹 마른 입술로 말했다.

"혹시 영웅문주께서 계신 곳에 어머니를 모시고 가면 안 되겠습니까?"

현수란은 대답하는 대신 당하선을 쳐다보았다. 소가화 물음에 네가 대답해 보라는 뜻이다.

당하선은 처연한 표정을 지었다.

"저는 모르겠어요."

현수란으로서도 진천룡이 무극애와 호천궁 사람들을 만나고 있는 자리에 창파영 영주를 치료해 달라고 데려가는 일이 어떤 결과를 불러올지 짐작도 못 한다.

그때 잠자코 있던 손록이 착 가라앉은 목소리로 말을 꺼냈다.

"무극애와 호천궁 사람들이 그곳에 있다면, 창파영 사람이 섞인다고 무슨 해가 되겠소?"

모두 손록을 쳐다보는데, 소가화와 소미미는 한 가닥 기대하는 표정을 지었다.

손록은 진지하게 말을 이었다.

"천하사대비역 중 세 군데 사람들이 모인다면 어쩌면 대화가 더 잘 풀릴 수도 있지 않겠소?"

소가화 남매는 조마조마한 표정을 지으며 현수란을 쳐다보았다.

문득 현수란의 입가에 한 줄기 미소가 매달렸다.

"손록, 당신 머리도 제법 쓸 만하군요."

"허허……! 과찬이시오!"

예전에 십엽루주였던 현수란은 오룡방주인 손록을 가장 경멸했었다.

　손록은 평소 남몰래 짝사랑하는 현수란의 칭찬에 몸 둘 바를 모를 정도로 기분이 좋아졌다.

＊　　　　＊　　　　＊

　"창파영주가 주군께 은혜를 입는다면 팔이 우리 쪽으로 굽지 않겠소?"

　그 말인즉, 진천룡이 창파영주를 살려준다면 그녀가 진천룡 편을 들어줄 가능성이 크다는 뜻이다.

　무극애, 호천궁과의 대화에서 창파영이 우리 편을 들어준다면 더할 나위 없이 좋을 터이다. 최소한 손록과 현수란의 생각은 그랬다.

　현수란은 이것 봐라? 하는 표정으로 손록을 쳐다보았다.

　"손록, 당신 쓸 만한 머리로군요?"

　"에헤헷!"

　사모하는 현수란에게 두 번이나 칭찬을 받은 손록은 이상한 소리를 내면서 웃더니 머리를 쓰다듬으며 턱으로 소가화와 소미미를 가리켰다.

　"제 어미를 살려주면 이 아이들도 우리 편을 들어줄 게 틀림없을 거요."

　현수란이 자신들을 쳐다보자 소가화, 소미미 남매는 머뭇거리며 말했다.

"우리가 영웅문을 공격하려고 했는데 용서하는 겁니까?"

"저… 회가 큰 죄를 지었는데 어찌 감히……."

남매로선 돕고 싶어도 영웅문이 자신들을 용서하는 게 먼저라는 뜻이다.

현수란은 고개를 끄떡였다.

"과연 일리가 있는 의견이에요."

그녀는 당하선을 보며 명령하듯이 말했다.

"자, 그럼 이제 우릴 녹수원으로 안내해라."

당하선은 놀라며 물었다.

"거기에 가서 뭘 하시게요?"

현수란은 안고 있는 소정원을 슬쩍 들어 보였다.

"뭘 하긴? 이 여자를 살려야지. 너는 지금까지 무슨 얘기를 들은 것이냐?"

당하선은 수하들이 있는 곳에서 현수란에게 꾸중을 듣자 수치심을 느꼈으나 발작하지는 않았다.

"알았어요. 안내해 드릴게요. 하지만 주인님께서 화를 내시면 장로님께서 책임지셔야 해요."

"주인님?"

"아……."

당하선은 엉겁결에 진천룡을 '주인님'이라 부르는 실수를 저지르고 말았다.

그녀는 그저께 진천룡에게 떼를 쓰다시피 해서 억지로 그의 여종이 됐었다.

현수란은 어이없는 표정을 지었다.

"너 주군의 여종이 됐느냐?"

당하선은 기왕지사 이렇게 된 것 부인하지 않고 당당하게 고개를 끄떡였다.

"그래요. 전 주인님과 주종관계예요. 저는 주인님이라 부르고, 주인님께선 저를 '선아'라고 부르세요."

그래서인지 당하선은 하지 않아도 좋을 말까지 해버리는 객기를 부렸다.

현수란은 애가 뭘 잘못 먹었나? 하는 표정을 지었다. 그도 그럴 것이, 당하선이 자신의 측근들 앞에서 부끄러운 줄도 모르고 너무 당당하게 말했기 때문이다.

"……!"

그러다가 현수란은 어떤 사실에 생각이 미치자 정신이 번쩍 들었다.

문득 하루 종일 진천룡의 근처에서 맴도는 여종들이 생각난 것이다.

청랑과 은조가 대표적인 그의 여종인데 언제나 한시도 그리고 한 치도 떨어지지 않고 그에게 그림자처럼 붙어 있다.

말 그대로 청랑과 은조는 진천룡의 최측근인 것이다. 그는 혼인을 하지 않았기 때문에 청랑과 은조가 그의 부인이나 첩처럼 곁을 지키고 있다고 해도 지나친 말이 아니다.

청랑과 은조는 식사는 물론이고 잠도 진천룡과 같은 공간에서 자고 어딜 가더라도 반드시 수행한다.

청랑과 은조처럼 진천룡의 최측근이 되는 것은 현수란의 오랜 간절한 바람이기도 하다.

영웅문의 장로면 무얼 하는가. 그녀의 신세가 한낱 여종만도 못한데 말이다.

수만 명의 영웅문 사람들에게는 영웅장로라는 지위가 하늘에 떠 있는 북두칠성처럼 드높고 요원한 것이라고 해도, 현수란에겐 진천룡과 하룻밤 식사를 하는 것과 맞바꿔도 하등 아깝지 않다.

진천룡과 숙식을 같이 하고 언제나 그의 곁에 붙어 있으면서 무엇이든지 함께 할 수만 있다면 어떤 대가나 희생을 치른다고 해도 좋을 것이다.

그런 와중에 당하선이 진천룡과 주종관계를 맺었다는 것인데 현수란은 까맣게 모르고 있었다.

그것은 당하선도 머지않아서 청랑과 은조처럼 진천룡 곁에서 그림자처럼 같이 지내게 될 것이라는 뜻이다. 온몸의 피라는 피가 다 증발해 버릴 정도로 부러운 일이다.

현수란은 놀라고 긴장하는 표정을 감추려 하지 않고 당하선에게 물었다.

"너… 본문에 갈 것이냐?"

당하선은 고개를 빳빳하게 들고 당당하게 대답했다.

"주인님께서 이곳에 오시자마자 저를 본문으로 데려간다고 약속하셨어요."

당하선은 현수란 얼굴이 소태를 씹은 표정으로 변하는 것을 보고는 자신의 계산이 맞아떨어졌음을 알게 되었다.

당하선은 문으로 걸어가며 의젓하게 손을 뻗었다.

"이제 가시죠. 주인님께 안내하겠어요."

그녀는 '주인님'이라는 말에 특별히 힘을 주었다.

현수란은 몹시 떫은 감을 씹은 표정을 지으며 당하선의 뒤를 따라갔다.

문밖에서 당하선은 현수란이 안고 있는 소정원을 보면서 살짝 아미를 찌푸리며 물었다.

"그렇게 안고 가실 건가요?"

"그… 럼 어쩌지?"

정신적인 충격을 받은 현수란은 잠시 바보가 된 것 같았다.

당하선은 천향루 독가인 양이랑을 손짓으로 부르면서 현수란을 보며 말했다.

"사람들 이목도 있으니까 마차로 가는 게 좋겠어요."

"그… 럴까?"

당하선이 진천룡의 여종이라는 사실을 안 것뿐인데 어째서 현수란은 기를 펴지 못하는 것인지 알 수가 없는 일이다.

녹수원의 상황은 이상하게 꼬여 버렸다.

진천룡은 호천궁의 소궁주인 종초홍의 오라버니 행세를 하고 있는 중이다.

그러다 보니까 진천룡의 측근들은 모두 호천궁 사람으로 변장을 했다.

녹수원에는 많은 사람이 득실거리고 있다. 영웅문과 검황천문, 무극애, 호천궁, 심지어 요천사계와 마중천 인물들까지 우글거리고 있는 것이다.

각 파마다 전각 한 채씩 차지한 채 지내고 있으며, 하루에 한두 번 만나서 대화를 나누는데 도통 진전이 없다.

검황천문의 대표로 나선 사람은 태공자와 연보진이다. 검황천문 태문주의 직계제자가 태공자이며, 역시 태문주의 정실부인이 연보진이다.

검황천문과 요천사계, 마중천에서 온 대표단은 대충 삼십여 명이며 본진은 따로 있다.

검황천문과 요천사계, 마중천의 정예고수들이 이미 항주 영웅문으로 가고 있는 중이며, 대표들이 이곳에서 대화를 하고 있는 것이다.

그러나 호천궁과 무극애 고수들은 일정한 장소에서 명령을 기다리고 있는 중이다.

검황천문 등은 호천궁과 무극애더러 영웅문 대공격에 가담하라고 종용하고 있는 중이다.

호천궁의 소궁주인 종초홍은 이미 진천룡에게 하늘 같은 은혜를 입고서 여종이 되었고 그에게 홀딱 빠져 있기 때문에 검황천문들의 회유에 절대로 넘어가지 않고 있다.

무극애의 대표자인 감후성은 진천룡하고 얘기가 이미 다 끝난 상황이다.

진천룡이 이끌고 있는 영웅문이 성신도하고는 아무런 연관이 없으며, 설혹 영웅문이 천하를 제패하려는 야망이 있다고 하더라도 그것은 순전히 진천룡 개인의 생각일 뿐이지 성신도하고는 하등의 상관이 없다는 사실을 알게 되었다.

또한 진천룡이 제압한 무극애의 천상호위 감창과 그의 부인 경조를 돌려주겠다고 했으므로 감후성으로서는 모험을 할 이유가 없는 것이다.

그런데 검황천문과 요천사계, 마중천은 결코 물러서려고 하지 않았다.

그도 그럴 것이, 검황천문들은 자신들끼리만 영웅문을 공격했을 때 성공할 가능성이 절반으로 보고 있다.

물론 그것은 영웅문의 정확한 세력에 대해서 모르기 때문에 나온 계산이다.

만약 알았다면 승률을 절반이라고 보는 우매한 계산은 나오지 않았을 것이다.

진천룡은 추이를 지켜보고 있는 중이다.

제일 빠르고 간단하며 손쉬운 방법은 태공자와 연보진을 비롯한 검황천문 일당과 요천사계, 마중천 놈들을 한꺼번에 때려 잡거나 죽이는 것이다.

그런데 그게 말처럼 간단하지가 않다. 그들을 제압하거나 죽이는 일은 어렵지 않은데, 그럴 경우에 영웅문으로 향하고 있는 그들의 정예고수들을 제지할 방법이 없는 것이다.

세 개 파의 정예고수 수만 명이 공격한다면 영웅문도 피해를 입게 될 것이다.

그러니까 이 공격을 사전에 막을 수 있다면 막는 편이 훨씬 좋은 일이다.

"주인님, 잠깐 저 좀 봐요."

종초홍이 진천룡의 대답도 듣지 않고 그의 손을 잡고 침실로 들어갔다.

청랑과 은조, 부옥령 등은 눈을 날카롭게 하고 쳐다봤지만 진천룡이 가만히 있으라는 눈짓을 보냈다.

"이거 보세요."

침실의 문을 닫은 종초홍이 진천룡에게 접은 종이쪽지 하나를 내밀었다.

진천룡은 뭔가 심상치 않음을 느끼면서 접은 종이쪽지를 펴서 읽었다.

"이것은……."

쪽지를 읽는 그의 얼굴이 굳어졌다.

진천룡은 종초홍의 설명을 듣지 않더라도 그것이 호천궁주가 보낸 것이라는 사실을 짐작할 수 있었다.

즉, 종이쪽지는 호천궁에서 종초홍 일행에게 보낸 전서구인 것이다.

종초홍은 착잡한 표정으로 진천룡을 바라보았다.

"어떻게 하죠?"

그녀의 얼굴을 보면 진천룡이 하자는 대로 무조건 따를 것 같았다.

서찰에는 종초홍더러 검황천문 등과 합세하여 영웅문을 괴멸시킨 후에 무극애를 공격하라는 내용이 적혀 있었다.

종초홍의 모친인 호천궁주는 영웅문을 괴멸시키는 것을 당연하게 여기는 것 같았다.

하긴, 호천궁과 무극애, 검황천문, 요천사계, 마중천의 연합세력 정예고수들이 대공격을 감행하는데 어느 누구도 영웅문이 살아남을 것이라고 예상하지 못할 터이다.

그러나 진천룡과 그의 최측근들은 아무리 그렇다고 해도 영웅문은 쉽게 무너지지 않는다고 장담한다.

큰 피해는 입겠지만 그리 쉽게 괴멸할 영웅문이 아니라고 믿기 때문이다.

그러나 문제는 그들의 대공격에 영웅문이 막대한 피해를 피할 수 없다는 사실이다.

영웅문이 아닌 외부에서 싸운다면 고수들만 죽거나 다치면 그만이다.

그런데 공격을 받는다는 것은 영웅문 자체에서 고스란히 당한다는 뜻이다.

그렇게 되면 영웅사문의 힘없는 가족들이 돌이킬 수 없는 피해를 입을 수밖에 없다.

그것 때문에 진천룡은 요즘 두 가지 중대한 사실을 깨달았다.

첫째, 문파와 가족들이 붙어서 지내는 것은 그리 좋은 방법이 아니라는 것.

둘째, 공격을 받는 것보다는 그 전에 공격할 적들을 미리 제거하는 편이 좋다는 사실이다.

종초홍은 진천룡의 팔을 잡고서 끌어다가 침상에 앉히고는 자신은 그 옆에 앉아 그를 말끄러미 바라보았다.

"소녀는 주인님께서 시키시는 대로 할 거예요."

진천룡은 진지한 얼굴로 종초홍을 뚫어지게 주시했다.

종초홍은 그의 날카롭고도 뜨거운 시선을 접하고는 힘껏 고개를 끄떡였다.

"소녀는 당신을 위해서라면 목숨을 바칠 수도 있어요."

진천룡은 얼굴을 풀고 온화하게 미소 지으면서 그녀의 머리를 쓰다듬었다.

"홍아, 너 몇 살이냐?"

종초홍은 살며시 얼굴을 붉히며 앵두 같은 입술을 나풀거렸다.

"열여덟 살이에요."

십팔 세인 종초홍은 진천룡 덕분에 초범입성의 경지에 들어서 외모가 두세 살 더 어리게 보였다. 말하자면 십오륙 세로 보인다는 얘기다.

진천룡은 종초홍의 발그레한 뺨을 부드럽게 쓰다듬었다.

"날 위해서 죽을 필요는 없단다."

"싫어요."

종초홍은 콧소리를 내면서 몸을 살랑살랑 흔들며 앙탈을 부렸다.

진천룡은 주위에 여자들이 우글거리기 때문에 이제는 여자의 심리에 대해서 어느 정도 알게 되었다.

그는 종초홍이 얼굴을 붉히면서 콧소리를 내고 몸을 흔들며 눈이 꿈꾸듯 몽롱해진 것이 행복에 겹기 때문이라고 판단했다.

진천룡은 종초홍이 자신을 위해서 죽을 수 있다는 사실을 알지만 그보다 더한 것을 원하기 시작했다.

第百九十二章

요(遼)의 땅

진천룡은 위험한 도박을 시도하려고 한다. 종초홍의 도움을
받아서 검황천문과 요천사계, 마중천 정예고수들을 괴멸시키
려는 것이다.

　그녀를 이용해서 호천궁과 그녀를 절망의 늪에 빠뜨리고 그
대가로 영웅문이 이득을 보는 일 따위는 없다.

　애당초 진천룡은 사악한 성품을 지니고 있지 않아서 그런
일은 꿈도 꾸지 않는다.

　진천룡은 종초홍의 두 손을 잡고 그녀를 응시했다.

　"홍아."

　"네?"

그가 손을 잡자 종초홍은 가슴이 두근거리고 얼굴이 빨개지며 당황했다.

진천룡은 다정한 얼굴로 말했다.

"호천궁의 목적은 무엇이냐?"

"목적이요……?"

종초홍은 진천룡이 두 손을 잡고 있는 바람에 정신을 차리지 못하고 있다.

진천룡은 그것도 모르고 종초홍이 일부러 대답을 꺼린다고 생각했다. 그래서 좀 더 밀도 있게 구워삶아야겠다는 생각에 그녀를 번쩍 안아서 자신 쪽을 보도록 무릎에 앉혔다.

"아……."

종초홍은 화들짝 놀라서 몸이 단단하게 굳었다.

여자에 대해서 잘 알지도 못하는 진천룡은 능숙한 체 행동하다가 찔끔했다.

"왜? 싫으냐?"

종초홍은 맛있는 과자를 누가 뺏기라도 하는 것처럼 다급하게 고개를 마구 저으며 목소리를 높였다.

"아, 아니에요……! 좋아요……!"

그렇게 말해놓고선 부끄러워서 어쩔 줄 모르다가 엣다, 모르겠다 하고 그의 가슴에 확 안겨 버렸다.

"몰라요……!"

진천룡은 자기가 실수를 하지 않았다는 사실을 알게 되어 흡족한 미소를 지으며 종초홍을 가만히 안고 그녀의 등을 쓰다듬었다.

"홍아, 잘 생각해 봐라. 호천궁이 대체 어떤 목적을 갖고 있기에 검황천문의 요구에 응하는 것이냐?"

종초홍은 그의 품에 얼굴을 묻은 채 아기가 옹알이를 하듯이 말했다.

"검황천문이 강북을 본궁에게 주겠다고 약속했어요."

"강북을?"

옹알거리는 말을 용케 알아들은 진천룡은 전혀 예상하지 못했던 말에 적잖이 놀랐다.

"검황천문을 도와주면 대륙의 강북 땅을 주겠다고 약속했다는 것이냐?"

진천룡의 목소리가 경직된 것을 듣고 종초홍은 놀란 얼굴로 그의 가슴에서 얼굴을 떼고 그를 바라보았다.

"그랬어요… 그런데 뭐가 잘못됐나요……?"

지금의 그녀는 진천룡의 언행 하나하나에 일희일비하는 사람이 돼버렸다.

진천룡은 자신의 언행이 너무 굳어 있기 때문에 종초홍이 긴장한다는 생각이 들었다.

종초홍은 진천룡의 무릎 끝에 앉아 있으며 얼굴은 앞쪽으로 숙여져 있기 때문에 불편한 자세라서 그는 그녀의 엉덩이를 안아서 앞으로 바싹 끌어당겼다.

스윽!

"잘못됐다는 게 아니다."

"아……."

"너희 호천궁은 어디에 있느냐?"

종초홍은 얼굴이 빨개져서 조그맣게 대답했다.

"장백산에 있어요."

진천룡은 의아한 표정을 지었다.

"장백산이 어디에 있는 산이냐?"

진천룡이 잡아당긴 바람에 두 사람의 몸이 밀착되었기에 종초홍은 얼굴이 빨개져서 눈을 내리깔았다.

"동… 쪽 끝에 있어요."

"대륙의 동쪽 끝?"

"네……."

진천룡은 생각나는 것이 있어서 자신 없게 말했다.

"도… 동이(東夷)?"

종초홍은 그가 자신들 고향의 옛 이름을 말하자 방긋 미소 지었다.

"네."

진천룡은 '동이'라는 말을 어디에선가 주워들은 적이 있지만 거기에 대해서는 아무것도 모르고 있다.

진천룡은 문득 '동이'가 매우 궁금해졌다.

"거기도 명나라인가?"

"아니에요."

"그럼 어디지?"

종초홍은 허리를 세우고 정면으로 진천룡을 바라보았다. 그와의 거리가 반 뼘도 되지 않아서 그녀는 그의 얼굴을 보려고 상체를 조금 뒤로 젖혔다.

"대명제국뿐만 아니라 대륙의 여러 나라들은 동쪽 국경이 하북성까지예요."

"북경이 있는 하북성 말이야?"

"네."

진천룡은 고개를 갸웃거렸다.

"그런가?"

종초홍은 두 손을 진천룡의 넓고 단단한 어깨에 얹으며 살포시 미소를 지었다.

"중원을 원래 남칠성 북육성이라고 하잖아요?"

"그렇지."

진천룡은 그런 말을 들은 적이 있었다.

"그래서 중원의 북육성 동쪽 끝은 하북성 동단(東端)인 임유현(臨楡縣)이에요. 임유현은 바닷가에 있는데 그 너머는 주인이 없는 요(遼)의 지역이에요."

"요?"

"멀다는 요(遼)예요."

진천룡은 종초홍이 매우 박식하다는 생각이 들어서 문득

설옥군이 떠올랐다.

그는 지금껏 설옥군보다 똑똑한 사람을 남녀 구분 없이 한 명도 본 적이 없었다.

종초홍은 진천룡의 이해를 돕기 위해서 열심히 설명했다.

"임유현을 다른 명칭으로 해관(海關)이라고 해요. 관(關)이라는 명칭으로 알 수 있듯이 그곳에서부터 만리장성이 시작해서 하북성 북쪽을 빙 둘러 서쪽으로 이어지고 있지요."

진천룡은 스승의 지식을 잘 받아들이는 착한 학생처럼 고개를 끄떡였다.

"그렇지. 옛날부터 만리장성 안쪽이 중원이라고 했었지."

"그 만리장성 너머가 요의 땅인데 요서(遼西)와 요북(遼北), 요동(遼東)이에요."

"처음 들어본다."

종초홍은 배시시 미소 지었다.

"중원이 아니니까 당연하지요. 그 요동 너머에 장백산이 있으며 그 아래쪽은 고려국(高麗國)이 있어요."

"아… 고려국은 들어본 적이 있다."

진천룡은 뭔가 크게 깨닫는 것이 있었다.

"그렇다면 하북성 동쪽 끝인 임유현에서 장백산까지가 '요의 땅'이라는 말이지?"

"네."

"거긴 얼마나 크고 또 어떤 나라가 있지?"

종초홍은 자신의 말을 열심히 귀 기울여 듣고 있는 진천룡이 기특한 듯 자신도 모르게 손을 뻗어 그의 뺨을 부드럽게 어루만지며 말했다.

"임유현에서 땅끝인 합강(合江)까지는 만이천 리쯤 되는데 정식 나라는 없어요."

진천룡은 적잖이 놀라서 눈을 조금 크게 떴다.

"만이천 리?"

그의 머릿속으로는 어떤 큰 그림이 하나 흐릿하게 그려지기 시작했다.

"서쪽 끝에서 동쪽 끝까지 만이천 리라는 말이지?"

"네. 그리고 남쪽 바닷가인 요하(遼河) 하구에서 북쪽 끝인 흑룡강(黑龍江) 너머 서백리아(西伯利亞:시베리아)까지는 팔천오백 리예요."

진천룡은 그 광대무변함에 혀를 내둘렀다.

"와아……! 어마어마한 크기의 땅이로군. 그런 땅에 주인이 없다는 것인가?"

"예전에는 주인이 있었다고 들었어요."

"누구였지?"

"아주 먼 옛날에는 조선(朝鮮)이라는 고대국가가 있었으며 칠백여 년 전에는 고구려(高句麗)가 지배했었대요."

"음! 들어본 적 없어. 어쨌든 지금은 주인이 없다는 거로군."

"네."

툭툭…….

진천룡은 안고 있는 종초홍의 엉덩이를 두드리며 말했다.

"홍아, 네가 나하고 거래를 해야겠다."

"무슨 거래죠?"

진천룡은 진지한 표정을 지었다.

"검황천문이 중원의 강북을 호천궁에 주겠다는 약속은 말도 안 되는 거짓말이야."

종초홍은 깜짝 놀라는 표정을 지었다.

"그래요?"

그녀는 놀라면서도 어째서 그게 거짓말이냐고 묻지 않았다. 진천룡의 말을 다 믿는다는 뜻이다. 그렇다고 해도 진천룡은 그게 어째서 거짓말인지 설명을 해주었다.

"장강 이북인 강북에는 검황천문보다 훨씬 막강한 천군성이 버티고 있다."

종초홍은 심각한 얼굴로 고개를 끄떡였다.

"알고 있어요."

"더구나 대명제국까지 엄연히 자리를 잡고 있어. 그런데 검황천문이 어떻게 강북을 호천궁에 준다는 것이냐?"

"검황천문이 천하를 평정한 후에 강북을 우리에게 준다는 것으로 알고 있어요."

"얼토당토않은 소리다."

진천룡은 고개를 가로저으며 가소롭다는 듯한 미소를 지었다.

"검황천문은 절대로 천하를 평정하지 못한다."

"그렇군요."

이번에도 종초홍은 그의 말에 의문을 달지 않고 고개를 끄떡이며 수긍했다.

"어쨌든."

"아……!"

진천룡이 종초홍의 엉덩이를 힘주어 안아서 그녀는 깜짝 놀라 허리를 곧게 폈다.

"나는 너에게, 아니, 호천궁에 실현 가능성이 있는 더 좋은 조건을 제시하겠다."

"그게 뭐죠?"

종초홍은 별처럼 눈을 빛냈다.

진천룡은 종초홍과의 대화 후에 무극애의 감후성하고도 장시간 대화를 나누었다.

그러고는 잠시 거처로 돌아와서 최측근들과 긴밀한 대화를 나누고 있었다.

밖을 경계하고 있는 옥소가 급히 들어와서 진천룡에게 긴밀하게 전해주었다.

"주군, 현 장로님께서 오셨어요."

"수란이 말이냐?"

"네."

항주 영웅문에 있어야 할 현수란이 느닷없이 이곳에 왔다는 것은 뭔가 좋지 않은 일 때문일 것이다.

"들어오라고 해라."

옥소는 더욱 조심스럽게 말했다.

"일행이 있어요."

"누구냐?"

"현 장로님께서 말씀하지 않아서 모르겠어요. 그런데 현 장로님께서 안고 계시는 사람이 사경을 헤매고 있어요."

"알았다. 들어오라고 해라."

현수란이 사경을 헤매고 있는 사람을 안고 그를 찾아왔다면 필경 치료해 달라는 이유에서일 것이다.

잠시 후에 입구로 옥소가 앞서고 현수란과 당하선, 소가화, 소미미가 줄지어 들어섰다.

안쪽 탁자 앞에 최측근들과 앉아 있는 진천룡은 현수란과 당하선 등을 보다가 무심코 그녀들의 뒤를 따르고 있는 소가화와 소미미를 보는 순간 벼락을 맞은 듯 놀라며 벌떡 일어섰다.

"옥군……!"

현수란은 그럴 줄 알았다는 듯한 표정을 지으며 진천룡에게 다가오면서 전음을 보냈다.

[주군, 저 아이는 태상문주가 아니에요.]

그러나 진천룡은 설옥군을 꼭 빼닮은 소미미를 뚫어지게 보느라 현수란의 말을 듣지 못했다.

진천룡만이 아니라 소미미를 보면서 부옥령과 청랑, 은조, 훈용강 등 놀라지 않는 사람이 없었다.

현수란은 진천룡 앞에 서서 소미미를 보는 것을 차단하며 다시 전음을 했다.

[주군, 저 아인 태상문주가 아니라니까요?]

"……."

[잘 보세요. 태상문주하고 많이 닮았지만 여러 면에서 그분과 달라요.]

현수란은 옆으로 비켜서면서 진중하게 말했다.

진천룡은 자신을 향해 가까이 다가오고 있는 소미미를 뚫어지게 주시했다.

소미미는 실내의 모든 사람들이 자신을 주시하는 것이 불편하긴 해도 발작하지 않고 참았다.

그녀는 자신이 영웅문의 어떤 여자하고 많이 닮았다는 사실을 이미 알고 있기에 그 오해가 풀릴 때까지 잠자코 있었다.

진천룡은 눈도 깜빡이지 않고 소미미를 주시하면서 머리에서 발끝까지 세밀하게 살폈다.

그 결과 눈앞의 소녀가 설옥군이 아니라는 결론을 내렸다.

소미미는 설옥군과 구 할 정도 빼박듯이 닮았으나 기품과 눈빛, 분위기 같은 것들이 달랐다.

그렇지만 세상에 이렇게 닮은 사람이 있다는 사실이 신기하기 짝이 없는 일이다.

그래서 진천룡은 눈앞의 소녀가 설옥군하고 어떤 연관이 있을 것이라고 추측했다.

  그는 소미미에게서 시선을 거두고 현수란이 안고 있는 여자를 쳐다보았다.

  "누구냐?"

  현수란은 담담한 목소리로 대답했다.

  "창파영주예요."

  "음?"

  진천룡은 흠칫 놀랐으나 단지 그것뿐이다.

  슥-

  "어디 보자."

  즉시 창파영주 소정원에게 손을 뻗으면서 말했다.

  그가 소정원의 손목을 잡고 진맥을 하는 동안 소가화와 소미미는 극도로 긴장한 표정을 지은 채 그에게서 시선을 떼지 않았다.

  만약 진천룡의 입에서 이미 틀렸다는 말이 나온다면 소가화와 소미미는 그대로 주저앉아 버릴 것이다.

  *   *   *

  진천룡이 소정원에게서 손을 떼는 것을 보면서 소가화와 소미미는 숨이 멎을 것처럼 긴장했다.

진천룡은 현수란에게 실내 끝에 있는 저만치의 어느 방문을 가리켰다.

"저기로 가자."

소가화와 소미미는 진천룡의 말이 무슨 뜻인지 모르고 긴장한 얼굴로 현수란을 쳐다보았다.

진천룡이 앞서고 현수란이 그 뒤를 바싹 따르는데, 소가화와 소미미는 그 자리에서 우두커니 서 있을 뿐이다.

척!

진천룡과 현수란이 방 안으로 들어갔다가 잠시 후에 현수란 혼자 나왔다.

현수란이 조심스럽게 방문을 닫는 것을 보고 소가화와 소미미가 엎어질 것처럼 달려갔다.

"무슨 일입니까?"

현수란은 당연한 듯이 대답했다.

"주군께서 치료하실 것이다."

"아……."

남매는 크게 기쁜 표정을 지었다가 곧 어딘지 미심쩍은 표정을 지으며 굳게 닫힌 방문을 바라보았다.

소가화가 현수란을 보면서 조심스럽게 물었다.

"조금 전의 그 사람이 영웅문주입니까?"

현수란은 얼굴을 찌푸리며 그를 꾸짖었다.

"처음이니까 봐주겠다. 주군에 대해서 말할 때는 극존칭을 사용해야 한다. 네 말이 맞다. 조금 전 그분께서 영웅문주이신 전광신수 진천룡이시다."

소가화는 급히 고개를 숙였다.

"죄송합니다."

그때 앉아 있는 부옥령이 턱짓을 하며 현수란을 불렀다.

"현 장로, 이리 와라."

현수란은 즉시 부옥령에게 달려가서 공손히 고개를 숙였다.

"부르셨어요?"

소가화와 소미미는 그 광경을 보고 적잖이 놀랐다. 이제 겨우 십육칠 세로 보이는 앳된 얼굴의 부옥령이 영웅문 장로이며 이십 대 중반의 현수란을 턱짓으로 불렀기 때문이다.

그도 그렇지만 현수란이 소녀의 부름에 쪼르르 달려가서 공손히 머리를 조아리는 광경을 소가화, 소미미는 또 어떻게 이해해야 할지 머리가 아팠다.

부옥령의 해맑은 옥음이 들렸다,

"본문에 무슨 일이 있었는지 설명해라."

"네, 좌호법님."

현수란이 제아무리 자존심이 세고 사람들을 눈 아래로 본다고 해도 부옥령에게만은 그러지 못한다. 어떻게 한 번만이라도 이겨보려고 여러 차례 시도했다가 그때마다 피똥을 쌌던 현수란이었다.

소가화와 소미미는 현수란의 말을 듣고 십육칠 세의 소녀가 영웅문 좌호법이라는 사실을 알게 되었다.

척!

그때 방문이 열리고 진천룡이 나오자 모든 사람들의 시선이 그곳으로 집중됐다.

진천룡은 담담한 표정으로 중얼거렸다.

"치료하기 전에 죽었다."

"아앗!"

그의 말이 끝나자마자 소가화와 소미미가 자지러질 듯이 비명을 터뜨렸다.

소가화와 소미미는 누가 말릴 새도 없이 몸을 날려 열린 방문 안으로 쏘아 들어갔다.

남매는 침대에 반듯한 자세로 누워 있는 소정원에게 다가가며 폭풍처럼 오열했다.

"으흐흑……! 어머니……!"

현수란이 급히 따라 들어와서 소정원의 진맥을 해보더니 어두운 얼굴로 고개를 가로저었다.

"죽었어."

"그럴 리가 없습니다!"

소가화가 부르짖더니 다급히 소정원의 촌관척(寸關尺)을 고루 짚어보고 나서 얼굴이 하얘졌다.

"어머니……."

소가화가 두 번 세 번 연거푸 촌관척과 목의 경혈, 심장박동을 확인해 봤지만 소정원에게는 그 어떤 생명의 징후도 감지되지 않았다.

남창 천추각에 도착해서 확인했을 때까지는 소정원의 가느다란 숨이 근근이 붙어 있었는데 녹수원에 오는 동안 숨이 멎은 것 같았다.

쿵! 쿵!

"으흐흑……!"

남매는 침상 아래 바닥에 무너지듯이 무릎을 꿇으며 울음을 터뜨렸다.

탁자에 돌아와서 자리에 앉은 진천룡은 남매의 울음소리를 애써 외면했다.

진천룡은 창파영주와 그녀의 자식들과 친분이 없어서 마음의 동요는 없지만, 그래도 어미의 죽음 앞에서 흐느껴 우는 자식을 보는 일은 쉽지 않다.

부옥령은 탁자 아래로 진천룡의 허벅지에 손을 얹으면서 전음을 했다.

[주인님, 회령반혼술 알고 계시죠?]

죽은 사람을 살리는 초유의 수법을 회령반혼술 혹은 초혼환생법이라고 한다.

예전에 설옥군이 죽은 은조를 회령반혼술을 전개해서 살린 적이 있었다.

진천룡은 눈을 깜빡거리며 기억을 더듬다가 그다지 자신 없게 고개를 끄떡였다.

[기억하긴 하는데…….]

부옥령은 단호한 표정을 지었다.

[창파영주는 살려야만 해요.]

[그러면 좋겠지.]

[지금 이 상황에서 창파영까지 우리 편이 되면 검황천문과 요천사계, 마중천을 아예 짓뭉갤 수가 있을 거예요.]

부옥령은 방문 밖으로 나오고 있는 현수란을 손짓을 해서 불렀다.

"죽은 지 얼마나 됐느냐?"

현수란은 복잡한 표정을 지으며 말했다.

"죽었는지도 몰랐으니까 길어야 일 각 아니면 이 각 정도 됐을 거예요."

부옥령은 또다시 진천룡을 쳐다보며 기대하는 듯한 표정을 지었다.

[어때요?]

진천룡은 잠시 생각을 정리하다가 어금니를 지그시 악물며 고개를 끄떡였다.

[해보자.]

부옥령은 침실로 들어가면서 울고 있는 남매에게 차갑게 내뱉었다.

"나가라."

남매는 침실로 들어오고 있는 진천룡과 부옥령, 현수란을 눈물로 얼룩진 얼굴로 쳐다보았다.

"무슨 일입니까……?"

"주군께서 너희들 어미를 치료하실 것이다."

남매는 주저앉은 채 어이없는 표정을 지었다.

"어머니는 이미 돌아가셨는데 무슨 치료를 한다는 겁니까?"

소가화는 마치 죽은 소정원이 모욕을 당하는 것 같아서 매우 불쾌한 표정을 지었다. 그래도 남매와 웬만큼 친분이 생긴 현수란이 친절하게 설명을 해주었다.

"예전에 주군께선 숨이 끊어진 지 오래지 않은 사람을 살린 적이 있으셨다."

"네에?"

남매는 화들짝 놀라며 진천룡을 쳐다보았다.

현수란은 문 바깥쪽을 쳐다보다가 청랑과 은조를 발견하고 그중 은조를 손으로 불렀다. 현수란은 안으로 들어오는 은조를 가리키며 남매에게 설명해 주었다.

"반년 전쯤에 이 사람이 싸움을 하다가 죽었는데 주군께서 살리셨다."

남매가 반신반의하는 표정을 짓는 걸 보고서 현수란이 은조에게 물었다.

"조야, 너 그때 죽은 지 얼마나 됐었지?"

은조는 영웅문에 들어오기 전에는 십엽루의 삼엽으로 현수란의 수하였기에 매우 공손했다.

"반시진쯤 된 것 같아요."

소가화는 현수란과 은조가 거짓말을 하는 것인지 어떤지 알아내려는 듯 그녀들을 살펴보았다.

그걸 지켜보는 부옥령은 인내심에 한계를 느끼고 손을 내저으며 말했다.

"모두 나가라."

그런데도 남매는 일어나지도 않고 퍼질러 앉은 채 뭉그적거리기만 했다.

부옥령은 호통을 치는 대신 조용한 말로 일침을 가했다.

"주군께서 쓰실 수법은 회령반혼술인데, 숨이 끊어진 지 오래되면 오래될수록 소생할 가능성이 희박해지니까 알아서 해라."

소가화와 소미미는 서로의 얼굴을 보더니 후다닥 일어나서 쏜살같이 밖으로 나갔다.

부옥령은 예전에 설옥군이 회령반혼술을 시전하는 것을 십여 차례 본 적이 있었다.

정확하게는 열두 번이었으며 그때 민수림이 소생시킨 사람은 세 명이었다.

말하자면 회령반혼술을 시전했다고 해서 무조건 다 소생시키는 게 아니라는 얘기다.

그러니까 소정원 역시 살릴 수 있을지 말지는 회령반혼술을 시전하고 나서 결과를 두고 봐야만 한다.

그렇다고 해서 운(運)이 좋으면 소생하고 운이 나쁘면 살리지 못하는 게 아니다.

과연 숨이 끊어진 지 얼마나 오래고 짧은가에 생사가 달려있는 것이다.

남매는 문밖으로 나갔다가 다시 쭈뼛거리면서 얼굴을 디밀고 물었다.

"구경해도 됩니까?"

그러나 아무도 대답하지 않고 부옥령이 현수란에게 냉정하게 명령했다.

"벗겨라."

현수란은 침상으로 다가가면서 물었다.

"얼마나 벗깁니까?"

"다 벗겨라."

부옥령의 말이 떨어지자 남매는 얼굴이 해쓱해지더니 즉시 사라졌다.

현수란은 소정원의 옷을 모두 벗기고 나서 부옥령을 쳐다보며 물었다.

"저는 어떻게 할까요?"

현수란은 죽은 사람을 살리는 회령반혼술을 자신의 눈으로 직접 보고 싶었다.

부옥령이 나가라고 손짓을 하려는데 진천룡이 대수롭지 않다는 듯 말했다.

"있어도 된다."

"고마워요."

고마워할 일이 아닌데도 현수란은 조금 크게 그렇게 외치듯이 말했다.

부옥령은 설옥군이 회령반혼술을 전개하는 것을 열두 번이나 지켜봤으면서도 어떻게 하는지 모른다.

그렇지만 진천룡은 딱 한 번 설옥군과 같이 해봤지만 잘 알고 있다. 두 사람의 차이라면 부옥령은 그저 지켜보기만 했었고 진천룡은 설옥군에게 가르침을 받았다는 게 다르다.

침상 위에 반듯하게 누워 있는 소정원의 나신은 백옥을 조각한 것처럼 근사했다.

자신의 몸에 자신이 넘치는 부옥령은 보이지 않게 코웃음을 쳤으나 공력이 삼백팔십 년에 이르러 이십 대로 회춘한 현수란은 내심으로 자신과 소정원의 몸을 은근히 비교해 보았다.

진천룡은 소정원 왼쪽에 가부좌의 자세로 단정하게 앉아서 지그시 눈을 감았다.

부옥령은 소정원을 조금 움직여서 진천룡이 치료하기 좋은 자세를 만들어주었다.

지금 진천룡이 앉아 있는 방향이라면 왼손으로는 소정원의 정수리를 덮고 백회혈에 극양지기를, 오른손으로는 하체 회음혈에 극음지기를 거세게 동시에 주입해야 한다.

그러면서 생기가 사라지거나 사라지고 있는 기경팔맥 각 대혈과 생혈, 사혈에 극양지기와 극음지기를 스치게 하여 화드득 깨어나게 한다.

그리고 최후에 극양지기와 극음지기가 임맥과 독맥을 완전히 관통하여 서로 만나야지만 회령반혼술이 성공한다.

그러니까 회령반혼술을 시술받은 사람은 싫으나 좋으나 임독양맥이 소통될 수밖에 없다. 예전에 은조는 이미 임독양맥이 소통된 상태였기에 회령반혼술을 시술했어도 죽었다가 소생한 것 말고는 별다른 효과를 보지 못했었다.

"후우우……."

진천룡은 길게 숨을 내쉬었다가 들이마시면서 공력을 극한으로 끌어올렸다.

츠으으으……

그러자 그의 머리에서 여러 색의 부연 운무가 마치 구름처럼 뭉게뭉게 피어오르기 시작했다.

현수란은 깜짝 놀라서 그 광경을 쳐다보았다.

놀라기는 부옥령도 마찬가지다. 그녀는 진천룡이 자신보다 한 단계나 반 단계 아래라고 봤는데 지금 보니까 오히려 자신과 같거나 사분지 일 정도 고강한 것이 분명하다.

부옥령이 봤을 때 진천룡은 화경(化境)의 경지를 넘어서고 있는 것 같았다. 화경은 무도의 최고봉이다. 더 이상 오를 곳이 없다. 그렇지만 진천룡은 화경의 경지를 넘어서고 있다. 화경 위에 무언가 존재하기 때문이다.

그렇다. 인간이 오를 수 있는 가장 높은 경지가 바로 화경이고, 그 위에는 우화등선(羽化登仙)이라는 신의 경지가 존재했다.

우화등선을 어째서 신의 경지라고 하느냐면 거기에 이르면 인간의 몸을 지닌 채 하늘로 혹은 영적인 세계로 승천할 수 있기 때문이다.

'굉장하구나, 주인님……!'

부옥령은 진천룡의 머리 위에 계단처럼 층층이 생긴 아홉 개의 각기 다른 색의 고리 환(環)을 보면서 내심으로 찬탄을 금하지 못했다.

초범입성, 혹은 출신입화지경이라고도 하는 화경에 이르면 운공할 때 머리 위에 최고 일곱 개의 고리가 층층이 뜨는데 그것을 칠채환경(七彩環境)이라고 한다.

부옥령이 알고 있는 지식으로는 총 열두 개의 고리가 생기면 우화등선의 경지라고 하는데, 지금 진천룡은 모두 아홉 개의 고리인 것이다.

그러므로 화경보다는 두 단계 높고 우화등선에 이르려면 네 단계를 더 올라야 하는 것이다.

*   *   *

진천룡의 그런 모습을 보고 그의 변화에 대해서 부옥령은 단번에 알아봤지만 현수란은 알지 못했다.

현수란은 자신이 진천룡에게 조금이라도 도움이 되기를 원해서 조심스럽게 말했다.

"도와드릴까요?"

부옥령은 가볍게 고개를 흔들어 아무 말도 하지 말라는 동작을 취했다.

현수란은 찔끔해서 자라목을 했다. 그녀는 진천룡이 자신에게서 점점 멀어진다는 느낌을 받았다.

이윽고 진천룡은 눈을 뜨더니 왼손으로 소정원의 정수리 백회혈을 덮고 오른손으로는 하체 회음혈을 덮었다.

그러고는 잠시 시간을 두었다가 어느 순간 극양지기와 극음지기를 동시에 주입했다.

푸아악!

순간적으로 소정원의 머리가 붉어지고 하체가 흰색으로 변했다가 곧 사라졌다.

아니, 사라진 것이 아니라 붉은 광채와 흰 광채 백광이 그녀의 몸속으로 쏘아 들어간 것이다.

갑자기 그녀의 살결에 홍광과 백광이 여러 가닥으로 갈라지고 구불거리면서 빠르게 그어졌다. 흡사 지금 당장이라도 살을 뚫고 밖으로 튀어나올 것만 같은 모습이다.

그것은 시뻘건 극양지기와 차디찬 극음지기가 소정원의 체내 혈도를 따라서 주천하고 있는 모습이다.

극양지기와 극음지기가 기경팔맥 삼백육십오혈을 하나도 놓치지 않고 일깨우면서 주천해야 하는 것이다.

불과 세 호흡 만에 극양지기와 극음지기는 소정원의 체내를 삼 주천했다. 그 직후 그대로 임맥과 독맥의 마지막 봉쇄되어 있는 열세 개의 혈도들을 향해 무지막지하게 쇄도했다.

쿠쿠쿠우우우!

평소의 소정원은 임맥의 끄트머리 일곱 개, 독맥 끄트머리 여섯 개 도합 열세 개의 혈도가 굳게 닫혀 있었다.

그런데 진천룡이 회령반혼술을 전개하면서 그걸 뚫으려 하고 있는 것이다. 이처럼 매우 중요한 수법을 전개하면서 그리고 막대한 공력을 발휘하면서도 진천룡은 매우 평온해 보였다. 마치 묵상에 빠져 있는 듯했다.

화경을 넘어선 그에게 이 정도 공력을 사용하는 것은 예사인 것 같았다. 다만 한 가지 염려되는 일은 그가 설옥군에게 배운 회령반혼술을 제대로 다 기억하고 있느냐는 것이다.

물론 그것은 부옥령의 염려일 뿐이지, 진천룡은 조바심을 내지 않고 그저 기억이 나는 대로 몸이 시키는 대로 천천히 실행하고 있다.

어쨌든 화살은 시위를 떠났다. 극양지기와 극음지기가 기경팔맥 삼백육십오 개 혈도를 삼주천한 직후에 임맥과 독맥의 막혀 있는 혈도를 향해 쇄도하고 있는 상황에 정지할 수는 없는 일이다.

만약 지금 진천룡에게 외부적인 충격이 가해진다면 그는 엄중한 피해를 입게 되어 죽지는 않더라도 폐인이 되는 것까지 감수해야만 할 것이다.

임독양맥이 관통되어 정수리 백회혈과 하체 회음혈이 직선으로 일통되면서 한순간 소정원 체내의 모든 혈도가 화드득 깨어나야지만 죽은 몸에 생기가 불어 넣어지게 된다.

쿠쿠쿠쿵!

소정원의 체내에서 둔탁한 음향이 여러 차례 빠르고도 연이어 터지더니 마지막에 폭음이 터졌다.

꾸우웅!

폭음과 함께 소정원의 몸이 풀쩍 반 자나 떠올랐다가 가라앉았다.

투웅……

침상에 떨어진 그녀는 몇 번이나 다시 떠올랐다가 떨어지기를 반복했다.

그러더니 그다음에는 그녀의 몸이 푸들푸들 마구 떨리기 시작했다.

그녀가 소생한 것이 아니라 진천룡이 극양지기와 극음지기를 주입한 덕분에 일깨워진 수백 개의 혈도들이 제멋대로 날뛰고 있는 것이다.

진천룡은 죽었던 여자가 새하얀 몸뚱이를 펄떡거리니까 적잖이 당황해서 눈을 껌뻑거리며 쳐다보기만 했다.

그는 설옥군이 회령반혼술을 전개하는 광경을 지켜보기만

했었지 자신이 직접 시술하는 것은 처음이라서 마음과는 달리 당황이 됐다.

소정원의 몸이 푸들거리다가 점차 가라앉는 것을 보면서 부옥령이 다급하게 외쳤다.

"뭐 하세요? 어서 추궁과혈수법을 하세요!"

"아……."

진천룡은 정신이 번쩍 들었다. 지나치게 긴장한 탓에 순서를 망각한 것이다.

그가 주입한 극양지기와 극음지기에 의해서 소정원의 전신 혈도들이 깨어나게 되면, 그 즉시 전신을 추궁과혈수법으로 주무르면서 또다시 극양지기와 극음지기를 주입하여 완전히 소생하게 해야만 한다.

추궁과혈수법이 중요한 이유는, 최초에 일깨운 기경팔맥 삼백육십오 혈도를 다독거리는 한편, 아울러서 전신 사지백해 삼천오백육십다섯 개 손혈(孫穴)과 손락(孫絡)들을 일깨워서 생기를 불어넣어야 하기 때문이다.

손혈과 손락들은 인체의 마지막 끝부분 손가락과 발가락뼈와 피부의 말단에 해당한다.

그러므로 손혈과 손락을 깨우지 않는다면 소정원은 소생했으되 제대로 걷지도 못하는 신세가 되어 평생 침상에 누워 있어야만 할 것이다.

정신이 번쩍 든 진천룡은 두 손에 각각 극양지기와 극음지기를 일으켰다.

아까하고 같은 극양지기와 극음지기라고 해도 그 세기와 양은 제각각 다르다.

수백 개 혈도들의 크기와 역할이 천차만별 다르기 때문에 그것들을 일깨우고 다독여야 하는 극양지기와 극음지기의 양과 세기도 다를 수밖에 없다.

그것이야말로 회령반혼술에서 가장 중요한 부분이라고 할 수 있다.

진천룡은 눈을 깜빡이지 않고 부릅뜬 채 두 손을 뻗어 천천히 소정원에게 추궁과혈수법을 전개하기 시작했다.

부옥령과 현수란은 그의 뒤쪽 좌우에서 역시 눈도 깜빡이지 않고 극도로 긴장한 표정으로 지켜보았다.

진천룡은 소정원에게 추궁과혈수법을 해야 한다는 사실을 잠시 망각하여 화들짝 놀랐으나 막상 시술을 하자 두 손에서 바람이 이는 것처럼 능수능란했다.

하기야 그가 지금까지 임독양맥 소통과 벌모세수, 환골탈태, 게다가 치료를 하는 과정에 얼마나 많은 사람들에게 추궁과혈수법을 전개했던가.

그의 최측근들과 측근들은 한 명도 빠짐없이 다 했으며, 측근이 아니더라도 그것을 해준 사람이 또한 부지기수였다.

그러므로 진천룡의 추궁과혈수법이 신의 경지에 이른 것은 두말하면 잔소리다.

이 순간에 그 광경을 지켜보는 부옥령과 현수란은 똑같은 생각을 하고 있었다.

두 여자도 지금 소정원처럼 진천룡이 추궁과혈수법으로 임독양맥 소통과 벌모세수, 환골탈태를 시켜주었다.

그뿐이 아니다. 두 여자 다 여러 번 중상을 입었던 탓에 진천룡이 치료를 하는 과정에 또다시 몇 번이나 추궁과혈수법을 전개했었다.

그러므로 지금 소정원의 모습을 보면서 예전에 진천룡이 자신들에게 저렇게 했던 것이 생각났을 터이다.

다 끝나갈 무렵에 부옥령이 진천룡에게 은밀히 전음을 했다.

[그녀에게 금제(禁制)를 가해두세요.]

진천룡은 의아한 표정으로 부옥령을 쳐다보았다.

[금제?]

진천룡의 얼굴에서는 땀이 비 오듯이 흘렀다. 화경을 넘어선 그로서도 회령반혼술은 이처럼 힘든 일인 것이다.

현수란은 두 사람을 쳐다보았다. 현수란에게는 두 사람의 대화가 들리지 않는다.

부옥령은 누워 있는 소정원을 굽어보면서 육성으로 말했다.

"저 여자 등봉조극이었대요."

등봉조극인 소정원이 임독양맥이 소통되고 벌모세수에 환골탈태까지 하면 이미 화경에 이르렀다고 봐야 한다.

부옥령의 말을 듣고 진천룡의 머리가 빠르게 돌아갔다. 부옥령과 맞먹거나 능가하는 절대고수가 될 소정원이 날뛰면 막을 사람이 진천룡밖에 없다.

아무리 진천룡이라고 해도 허구한 날 소정원 옆에 붙어 있을 수는 없는 일이다.

현수란은 부옥령이 방금 육성으로 한 말을 듣고 두 사람이 무슨 대화를 했는지 짐작했다.

현수란도 고개를 크게 끄떡이며 동조했다.

"총당주를 비롯한 삼십여 명의 당주와 부당주들이 합공해서 이 여자를 제압했어요."

현실적으로는 총당주 풍건을 비롯하여 다섯 명이 합공을 했더라도 소정원을 제압할 수 있었을 것이다.

풍건은 아군의 피해 없이 간명하게 소정원을 제압하려고 그랬던 것이다.

현수란은 부옥령이 진천룡에게 소정원을 금제해야 한다고 말했을 것이라고 짐작했다.

"어떤 금제?"

"아시는 거 없어요?"

부옥령은 몇 개의 점혈수법을 알고 있지만 아무도 풀지 못한다고 장담할 수는 없다.

진천룡은 잠시 생각하다가 고개를 끄떡였다.

"옥군에게 배운 점혈수법이 있어."

"어떤 거죠?"

"금정제(禁精制)라는 건데……."

부옥령은 궁금한 표정을 지었다.

"처음 들어보는데 어떤 건가요?"

"그런데 그게 좀……."

그런데 그때 소정원이 미약한 신음을 흘러냈다.

"으음……."

부옥령은 깜짝 놀라서 마구 손짓을 하며 소정원을 가리켰다.

"어서 시전하세요."

진천룡은 머릿속으로 잠시 금정제의 구결을 떠올리고는 즉시 소정원에게 손을 뻗었다.

파파파팟…….

진천룡의 손끝에서 발출된 무형지기가 수십 가닥으로 갈라져서 소정원의 상체에 적중되었다.

파파파팟!

끝으로 여덟 줄기가 소정원의 복부와 단전, 하체에 적중되는 것을 보면서 부옥령이 고개를 갸웃거렸다.

그때 소정원이 천천히 눈을 떴다.

"아……."

그녀는 눈을 뜨고 두어 번 깜빡거리다가 진천룡을 발견하고 나직한 탄성을 터뜨렸다.

"누… 구냐?"

그 순간 진천룡은 재빨리 마혈을 제압했다.

타타탓!

"음……."

그녀는 낮은 신음을 흘리고 나서 눈동자만을 굴려 진천룡을 쳐다보았다.

"너는 누구냐?"

초면인 사람에게 대뜸 하대를 하는 그녀의 성격이 어떤지 대충 짐작이 갔다.

진천룡은 흔들림 없는 잔잔한 수면처럼 조용히 말했다.

"나는 영웅문주요."

"……!"

소정원은 움찔 놀라는 표정을 짓더니 눈을 깜빡이면서 기억을 더듬는 것 같았다.

그러다가 그녀는 자신이 전당강에서 겪었던 일들을 기억해내고는 안색이 해쓱하게 변했다.

"아아……."

부옥령은 현수란에게 고개를 끄떡여 보였다.

현수란은 진천룡 옆으로 가까이 다가와 서서 소정원을 굽어보며 말했다.

"당신이 이끌고 온 창파영의 군선 이백오십 척은 한 척도 남기지 않고 모두 불탔으며, 창파고수 만구천 명이 죽었고, 천여 명이 부상을 입었으며, 칠천여 명이 제압되어 영웅문에 감금되었어요."

　누워 있는 소정원의 몸이 격렬하게 부르르 떨렸으며 눈동자가 이리저리 흔들렸다.

　현수란은 개의치 않고 말을 이었다.

　"당신은 본문 총당주와 당주들의 공격을 받고 중상을 입었다가 얼마 전에 숨이 끊어져 죽었어요."

　소정원은 창파영 고수들이 전멸했다는 말에 충격을 받은 듯 부들부들 떨고만 있었다.

　그러다가 잠시 후에 현수란을 보면서 칼날처럼 날카롭게 물었다.

　"방금 뭐라고 했느냐? 내가 죽었다고?"

　그녀의 거침없는 하대에 현수란은 발끈했으나 지그시 화를 억누르고 계속 말했다.

　"당신은 절반쯤 저승 문턱에 걸쳐져 있었어요. 당신 자식들이 하도 살려달라고 애원을 해서 내가 당신을 안고 항주에서 이곳 남창까지 날아와 주군께 살려달라고 간청한 거예요."

　'주군'이라는 말에 소정원의 시선이 다시 진천룡에게 향했다.

　"네가 날 살렸다는 것이냐?"

　부옥령의 안색이 차가워지더니 다음 순간 누워 있는 소정원이 벽을 향해 날아갔다.

　퍽!

　"악!"

부옥령이 발출한 무형지기가 소정원의 옆구리를 갈겨 버린 것이다.

쿵! 쿠당!

소정원은 벽에 부딪쳤다가 바닥에 모질게 나동그라졌다.

그러나 소정원은 털끝 하나 다치지 않았다. 부옥령이 손속에 사정을 두었으며, 소정원이 화경에 이르렀기 때문이다.

『붕정대연가(鵬程大戀歌)』19권에 계속…